Azul cielo

Mar Carrión

Editado por Harlequin Ibérica.
Una división de HarperCollins Ibérica, S.A.
Núñez de Balboa, 56
28001 Madrid

© 2017 Mar Carrión Villar
© 2017 Harlequin Ibérica, una división de HarperCollins Ibérica, S.A.
Azul cielo, n.º 130 - 7.6.17

Todos los derechos están reservados incluidos los de reproducción, total o parcial. Esta edición ha sido publicada con autorización de Harlequin Books S.A.
Esta es una obra de ficción. Nombres, caracteres, lugares, y situaciones son producto de la imaginación del autor o son utilizados ficticiamente, y cualquier parecido con personas, vivas o muertas, establecimientos de negocios (comerciales), hechos o situaciones son pura coincidencia.
® Harlequin, HQN y logotipo Harlequin son marcas registradas por Harlequin Enterprises Limited.
® y ™ son marcas registradas por Harlequin Enterprises Limited y sus filiales, utilizadas con licencia. Las marcas que lleven ® están registradas en la Oficina Española de Patentes y Marcas y en otros países.
Imagen de cubierta utilizada con permiso de Dreamstime.com y Shutterstock.

I.S.B.N.: 978-84-687-9491-4
Depósito legal: M-7910-2017

*Quédate con aquel que te mire volar,
que te deje volar, que te impulse a volar
y te alcance en su vuelo.*
anónimo

Capítulo 1

Se reclinó sobre los almohadones del sofá e hizo *zapping* en busca de algo interesante que ver, aunque los viernes por la noche la programación solía ser tan aburrida que la mitad de las veces se quedaba durmiendo. Además, estaba exhausta. Al día siguiente se celebraba la boda de los McCarthy, un evento que iba a reunir a más de trescientos invitados, por lo que el ritmo de trabajo de la última semana había sido trepidante. Ni siquiera había tenido tiempo libre para dedicarlo a su pequeño negocio en ciernes. En su ausencia, Damon y Shannon lo estaban gestionando todo de maravilla, pero ella echaba tanto de menos salir a volar...

Estiró las piernas y cruzó los tobillos sobre el mullido cojín. El cansancio se le instaló en los párpados y empezó a notar que le pesaban toneladas. No le quedaban fuerzas ni para dirigirse a la cama. Se le estaban cerrando los ojos cuando el rostro de Kevin Ridge apareció en la pantalla del televisor. Los abrió de golpe.

Se irguió y agarró el mando a distancia para subir varios puntos el volumen. Tenía sintonizado un canal local y no era común que se hablase de noticias que nada tenían que ver con Killarney. ¿Qué hacía entonces Kevin Ridge en su televisor?

La respuesta le llegó enseguida.

El archiconocido actor Kevin Ridge está inmerso en el rodaje de una nueva película y todo el equipo se va a instalar en Killarney durante el verano para rodar en los exteriores del pueblo.

—Oh, vaya... —murmuró, con los ojos clavados en los negros de él.

Qué guapo estaba en la fotografía que habían escogido para el noticiario. Bueno, él siempre lo estaba. Un hormigueo de emoción le hizo cosquillas en la boca del estómago mientras calculaba el tiempo que hacía que le había conocido.

Cuatro años, una semana y cinco días.

Dejó de sentir sueño. Las neuronas se le activaron como si acabara de enchufarlas a la corriente eléctrica. Dio un salto del sofá y se sentó frente al ordenador portátil que siempre dejaba sobre la mesa del comedor. Necesitaba más información y su búsqueda por Internet arrojó algo más de luz, como breves detalles sobre el argumento de la película y el equipo involucrado, aunque las fechas de su inminente llegada a Killarney estaban por concretar.

Un rato después, cuando yacía en la cama con la luz apagada, rememoró el momento en que le conoció, cuando él atravesó con su grupo de amigos las puertas del restaurante. En aquel entonces, la carrera de Kevin Ridge estaba despegando y no era tan popular como en la actualidad. Erie sabía quién era, le había visto en una serie de televisión y en un par de películas en las que aparecía como actor secundario, pero todavía podía caminar por la calle sin que se le echara encima una avalancha de fans.

Lo primero que le había llamado la atención de él fue su atractivo físico. Se quedó impresionada con su metro noventa, con su sonrisa sexy y con esos ojos tan oscuros que tenían la fuerza de dos imanes. Poco después descubrió que era un tipo encantador que siempre se mostraba amable y atento con todo el mundo, tanto con la gente que le reconocía como con la que no.

Y especialmente lo fue con ella.

Había transcurrido mucho tiempo, pero los recuerdos y las emociones permanecían intactos.

Fueron tantas las conversaciones compartidas, las aficiones en común, las risas, las miradas cargadas de complicidad, los crepitantes silencios… Añoraba su visión de la vida, su empeño y su valentía. Añoraba incluso su tacto y todavía más su sabor.

Suspiró.

Solo fueron cuatro días, pero si medía el tiempo en términos de emociones, había sido mucho más intenso que lo que algunas parejas sentían en toda una vida.

Nunca más volvió a verle, pero sí que volvió a saber de él, ¡y mucho antes de lo que esperaba! Algunos meses después de conocerle le llegó la fama internacional. Kevin había protagonizado una gran película que le lanzó al estrellato internacional y tanto el público como la crítica se pusieron de acuerdo en alabar su interpretación, que calificaron de magistral. A partir de ahí, había ido cosechando un éxito tras otro en las carteleras de todo el mundo, y era uno de los actores mejor pagados en Hollywood. El mejor pagado de todos los actores irlandeses.

Se lo merecía. Erie se había alegrado enormemente por él.

La noticia de que ahora regresaba a Killarney auguraba que volvería a verle. Era un pueblo pequeño, no había muchos lugares adonde ir, y seguro que en más de una ocasión el equipo escogería el restaurante de los Brennan para comer o cenar durante las pausas de los rodajes.

No podía ni imaginar cómo sería ese supuesto encuentro, cuando coincidieran y se miraran a los ojos cuatro años después. A ella iba a impactarle, muchísimo, pero no tenía tan claro cómo sería para él. Suponía que la recordaría, pero ahí finalizaba su poder adivinatorio. ¿Qué sucedería llegado el caso? ¿Volvería a tratar con ella o ya no tendría tiempo para relacionarse con la gente de a pie ahora que era rico y mucho más famoso?

Los medios decían que era un tipo muy humilde, que la fama no le había cambiado y que tenía los pies en la tierra. Cuando le veía en las entrevistas, ella se llevaba la misma impresión. Parecía el mismo hombre cercano y cordial al que había conocido.

Pero nadie era perfecto. ¡Ni siquiera él!

Kevin había sufrido un grave accidente de avioneta hacía un par de años y, poco tiempo después, a semejante desgracia se le unió la ruptura con la que había sido su novia formal durante bastante tiempo. Desde aquello, había adquirido un hábito del que la prensa del corazón se hacía eco con bastante asiduidad: siempre se le veía en compañía de mujeres diferentes. Una detrás de otra, pasaban por su vida como si hicieran cola en la caja del supermercado. En la actualidad estaba saliendo con una modelo americana, una chica guapísima de cabello oscuro y ojos claros que parecía suspirar de felicidad en cada foto en la que aparecían juntos. A él no se le veía tan entregado, y Erie siempre se preguntaba cuándo rompería con ella para ir en busca de la siguiente.

Estiró las piernas y se giró para ponerse de cara a la ventana. El resplandor de la luna llena sobre la cortina envolvía la habitación en una suave y relajante sombra azulada, aunque su inquietud y sus pensamientos galopantes no le permitían abandonarse al sueño.

Se le habían removido tantas emociones... Y es que con el paso del tiempo, valorando sus relaciones con el sexo opuesto bajo el prisma de la distancia, no le quedaba otro remedio que reconocer que jamás se había sentido tan feliz al lado de un hombre como se había sentido con él. Ni antes ni después.

Y eso era un poco triste, porque solo había compartido cuatro días con Kevin Ridge.

A falta de los detalles florales que adornarían las mesas, el enorme salón del restaurante ya estaba listo para recibir a los comensales. Erie tuvo el tiempo justo para quitarse el uniforme de trabajo, colocarse el vestido de cóctel en tonos aguamarina, aplicarse un poco de color en los labios y salir corriendo hacia la catedral de Santa María, donde los novios iban a pronunciar sus votos matrimoniales. No era amiga de ninguno de los dos pero los conocía de toda la vida, por lo que se sentía en la obligación de hacer acto de presencia en la ceremonia.

Esta ya había comenzado cuando atravesó la puerta principal de la catedral. Entornó los ojos para que se le acostumbrasen a la oscuridad interior y buscó un sitio en los últimos bancos. Todo el mundo estaba de pie y enseguida reconoció a Damon. A Damon y a Connor. No había más sitios libres en los que sentarse salvo al lado de aquellos dos, así que caminó con la punta de los zapatos para evitar el ruido y se colocó a su lado. La atención de ambos estaba tan centrada en el altar y en las palabras del cura que retumbaban entre los altísimos arcos de las galerías, que no se percataron de su presencia hasta que Erie le dio a Damon un suave empujón con el hombro.

—Erie... pensé que ya no vendrías.

—Yo también. Estamos desbordados de trabajo.

—Hola, Erie —susurró Connor, asomando la cabeza.

Ella curvó los labios.

—Pues te has perdido lo mejor —susurró Damon.

—La entrada de los novios ha sido maravillosa —apuntó Connor.

—Me lo figuro. Ya los veré a la salida.

Desde que Connor le había confesado que era homosexual, Erie se afanaba por detectar comentarios o actitudes que le hiciesen sospechar sobre su condición sexual. Cierto que palabras tales como «precioso», «bonito» o «maravilloso» estaban muy presentes en su vocabulario, pero jamás se lo tomó como un indicio de sospecha. Y además tenía un porte muy varonil, ¿cómo iba a imaginarlo? Shannon se lo comentó una vez y Erie se echó a reír estrepitosamente. ¿Connor gay? Ojalá le hubiera hecho caso, porque se habría ahorrado un gran sufrimiento.

Fuera como fuese, y aunque ya habían pasado casi dos años, de vez en cuando aún se torturaba con eso.

Estar allí, en la catedral de Santa María, acentuaba ciertos recuerdos.

A la salida, se reunieron con Shannon y Niall, y todos lanzaron pétalos de rosa en cuanto los recién casados cruzaron el umbral de la catedral. Shannon siempre lloraba en las bodas y se le había corrido el rímel. Erie le indicó que se lo corrigiera, pero antes de que tuviese tiempo de sacar el espejo del bolso, su esposo acopló con suma delicadeza los pulgares en sus párpados inferiores y le quitó la pintura. Ella le devolvió la misma mirada amorosa. Eran la viva imagen de la felicidad.

—¿Qué tal si nos movemos? Podemos ir a tomar algo y hacer un poco de tiempo —comentó Damon.

—¿Nos acercamos a Mustangs Sally´s? —propuso Connor.

—Me parece buena idea —opinó Niall.

Damon la miró para conocer su respuesta. Él sabía que no se sentía muy cómoda en presencia de Connor, por lo que en aquellas ocasiones en las que todos coincidían siempre estaba pendiente de ella, procurando que se sintiese lo menos violenta posible. Nunca la juzgaba. El cariño que Damon le tenía era real, no actuaba así porque se sintiera responsable de su situación. Ya eran amigos, ya tenían proyectos en común antes de que Damon y Connor se conocieran.

—¿Vienes un rato o tienes mucho lío en el restaurante? —le preguntó él.

—Tengo que irme ya. He dejado a papá, a mamá y al resto colocando los centros de las mesas. —Echó un vistazo a su reloj de pulsera—. Si me retraso un poco más pensarán que me estoy escaqueando de mis obligaciones —bromeó.

Se dio cuenta de que Damon llevaba retorcido el cuello de la camisa y, desde la confianza y el cariño que le tenía, Erie se lo arregló.

Para la ocasión, iba camuflado con pantalones de vestir y camisa –había obviado la chaqueta y la corbata–, pero su estilismo de motero camorrista era difícil de esconder con esa larga coleta con la que siempre se recogía el pelo, los lóbulos de las orejas perforados de *piercings* y los tatuajes decorando sus brazos. Los que le conocían sabían que no era más que una imagen. En realidad, Damon era un tipo sensible y encantador.

¡No le extrañaba que Connor se hubiese enamorado de él!

—¿Vendrás a volar mañana, verdad? —le preguntó Shannon.

—Claro, por descontado.

—Con el inicio del verano los turistas empiezan a llegar en masa. Ayer por la tarde nos vimos desbordados, ¿verdad, Damon?

—Vinieron dos autobuses desde Dublín.

—Tranquilos, mientras no vuelva a casarse nadie más en el pueblo, todo estará controlado —bromeó Erie—. Os veo en el restaurante, chicos.

Se subió al coche y se plantó en la calle principal en cinco minutos. Habría ido caminando de no ser porque se había puesto tacones. Y eran bastante incómodos.

Nada más atravesar las puertas del restaurante de la familia Brennan –sus padres no habían sido demasiado originales al buscar un nombre para el establecimiento–, Bridget Brennan le colocó en las manos un puñado de cintas de colores con las que adornar las sillas.

—Mamá, primero tengo que cambiarme de ropa —protestó, devolviéndole las cintas.

—Apresúrate, cariño. Los invitados deben de estar a punto de llegar. ¿Qué tal la ceremonia? ¿Ha sido bonita?

Su madre la siguió hasta el fondo del local y entró detrás de ella a la sala que utilizaba el personal del restaurante para cambiarse de ropa. Erie se deshizo de los zapatos de tacón y comenzó a quitarse el vestido.

—Supongo que sí, he llegado un poco tarde y ya había empezado. Los novios estaban guapos, la catedral estaba preciosa y los votos matrimoniales han sido… emotivos. Aunque lo más bonito ha sido el quinteto de viento.

—Pues lo dices con un tono de voz muy apagado. ¿Estás bien?

—¿Apagado? —Miró a Bridget a los ojos y

entonces supo a lo que se refería—. Claro que estoy bien, mamá. —Sonrió con desenfado—. Eso ya pasó. Puedo entrar a cualquier iglesia del mundo sin que me tiemble el pulso. Hace siglos que no las relaciono con… con ya sabes qué. Lo que ocurre es que los novios conviven juntos desde hace una década por lo menos, y a mi parecer eso le ha restado emoción a la ceremonia.

—¿Seguro que no te ha afectado?

—Pues claro que no. No seas pesada.

—No me llames pesada. Me preocupo por ti. No se ha casado nadie en el pueblo en el último año y ha sido la primera vez que Connor y tú habéis coincidido en una boda. Y con Damon de por medio.

—Coincido con Damon a diario y veo a Connor de vez en cuando. Que sea en el interior de una iglesia o en una cafetería es indiferente. —Recogió sus ropas de trabajo, falda negra y blusa blanca de manga corta y procedió a ponérsela. —Perdona que te haya llamado pesada, es que estoy un poco estresada. Sé que te preocupas por mí y me encanta que lo hagas. —Le sonrió.

—Ya te dije que estabas echándote encima demasiadas responsabilidades.

Su madre le capturó la cara entre las manos y acercó el rostro al suyo. Erie tuvo la sensación de estar mirando su reflejo en el espejo, o mejor dicho, el reflejo de cómo sería ella cuando tuviera cincuenta años. En muchas ocasiones, los turistas que se pasaban por el restaurante les preguntaban si eran hermanas. El parecido físico era increíble. Los mismos ojos grandes, el mismo azul intenso, el óvalo redondeado de la cara, la nariz pequeña y recta, idéntico tono rubio de cabello... Incluso ahora lucían el mismo corte por encima de los hombros. Dos gotas de agua, con la salvedad de que una brillaba más que la otra. Bridget Brennan era la persona más feliz que Erie conocía, como también conocía el secreto de su felicidad. Se llamaba Colin Brennan, llevaban treinta años casados pero vivían una luna de miel eterna. ¡Daba gusto verles!

Y envidia. Erie no tenía ninguna esperanza de que fuera a encontrar al amor de su vida.

—Mi negocio no es una responsabilidad, mamá, es lo que siempre he querido hacer.

—Lo sé, y ojalá tengas mucho éxito. Pero no voy a negarte que me inquieta mucho cada vez que te veo ahí arriba subida en ese trasto. —Le metió el cabello detrás de las orejas y le dio un beso en la frente.

Erie soltó una suave carcajada.

—Pues no te preocupes tanto. Te prometo que todo está bajo control.

Bridget suspiró y esbozó una sonrisa amorosa.

—Salgamos —dijo—. Tenemos que ayudar a colocar las cintas antes de que empiecen a llegar los invitados.

El restaurante de los Brennan era un negocio básicamente familiar. Sus padres, además de ser los propietarios, eran cocineros –se habían conocido cuando estudiaban cocina en un colegio de Dublín–; luego estaba ella, que hacía las funciones de camarera y relaciones públicas cuando alguna ocasión importante lo requería; y un par de camareros más. Sin embargo, no les quedaba más remedio que aumentar la flota de trabajadores durante los meses de mayor afluencia de turistas o cuando se presentaba algún evento importante, como la boda de los McCarthy.

Terminaron de colocar las cintas entre todos y Erie se situó junto a la puerta del salón principal. Se sintió vagamente mareada mientras iba dándoles la bienvenida a los comensales. ¡Más de doscientos! Iban a sudar la gota gorda.

Unos minutos después, los camareros, vestidos con uniformes de color rojo y negro, asaltaron el salón para comenzar a servir los deliciosos entremeses. Pronto flotó en el ambiente un delicioso olor a salmón que se unió al murmullo jubiloso de los invitados. Damon, Shannon y compañía estaban sentados en una mesa al fondo y alzaron sus copas junto con la de los demás acompañantes para hacer un brindis. La mesa rebosaba entusiasmo y ella se alegraba de verles así –bueno, por Connor no se alegraba tanto–, pero no podía evitar sentir un enorme vacío en su interior cuando era testigo directo de la felicidad de los demás.

Entró en la cocina, donde sus padres trabajaban con agilidad, maestría y buen humor. Solían intercambiar besos fugaces mientras cocinaban, algo que a Erie le sacaba de quicio. Sabían que a ella le chirriaba mucho su conducta, pero lejos de evitarla en público, tenía la impresión de que lo hacían adrede.

—Hija, tengo algo que contarte, acércate.

Colin estaba preparando sus famosas vieiras con salsa de *teriyaki* y naranja. Erie asomó la nariz y miró a su padre. Tenía expresión de portar buenas noticias, aunque Colin Brennan siempre tenía una expresión alegre en el rostro. Era un hombre guapo, de rasgos típicamente irlandeses. Piel clara, ojos azules, cabello castaño rojizo... Y se mantenía en forma. Salía a correr todas las mañanas por las inmediaciones del pueblo.

—Dime, papá.

—¿Te has enterado en las noticias de que se va a rodar una película en Killarney? —Ella asintió con un movimiento de cabeza—. Pues esta mañana temprano he recibido una llamada muy importante. ¡Nada menos que desde Hollywood!

A Erie se le aceleró el corazón.

—Vamos a ocuparnos del catering del equipo durante los meses de rodaje. Se van a instalar en las afueras, así que montaremos una carpa y haremos el trabajo desde allí para evitar que el equipo tenga que desplazarse. ¿Qué te parece, eh?

—Pues... —Se quedó sin habla. Pensó en que abordar más trabajo le restaría mucho tiempo libre pero... ¡Tendría contacto diario con él! La misma corriente de excitación de la noche anterior volvió a sacudirle las entrañas. Se aclaró la garganta—. Escuché la noticia anoche. Se trata de la nueva película del actor Kevin Ridge, ¿verdad?

—Así es. Supongo que sería él quien daría buenas referencias del restaurante —intervino Bridget a la vez que cortaba en rodajas una zanahoria para la guarnición de la carne—. Un hombre muy atento. Escribió maravillas de nosotros en el libro de visitas cuando estuvo aquí hace años y nos felicitó personalmente, tanto por la comida como por el trato que recibió. ¿Te lo conté?

—Sí, mamá. Me lo contaste.

—¿Quién iba a imaginar que se haría tan famoso, ¿verdad? —Erie asintió—. Tuvo un accidente grave hace unos años, ¿no?

—Sí, eso leí.

Tomó aire y lo soltó lentamente. Si su madre supiera que sus encuentros no se habían ceñido al restaurante... En su momento, valoró que lo más prudente era mantenerlo en secreto, así que sus padres nunca llegaron a enterarse. Solo se lo contó a Shannon.

Las puertas abatibles de la cocina no dejaban de moverse. Los camareros trabajaban a toda prisa.

—¿Y cuándo se espera que lleguen, papá? —preguntó.

—El próximo miércoles. Tenemos el tiempo justo para montarlo todo. ¡Nos espera un verano bastante ajetreado! He pensado que el modo más eficaz de resolver el trabajo es que yo me quede en el restaurante y vosotras dos os desplacéis a la carpa. Dividiremos a los camareros. —Su padre la miró y le guiñó un ojo—. Tienes un trato excelente con el cliente, hija, y esa gente estará acostumbrada a tratar con personas de muy altos vuelos. ¿Estás ilusionada?

Lo estaba, aunque solo por la expectativa de trabajar cerca de él. Ese nuevo proyecto seguro que le exigiría una mayor dedicación y muchas más horas de su tiempo, que ella necesitaba para emplearlo en su propia empresa. Damon y Shannon se iban a disgustar mucho.

—Acordaos de lo que hablamos hace unos días sobre las horas extra. No las haré mientras dure la temporada de mayor afluencia de turistas porque es cuando mejor funcionan las actividades de ocio —sus caras eran impasibles—; decidimos que contrataríamos a alguien en el caso de que precisáramos de un refuerzo. ¿Lo recordáis?

—Pero, cariño, las circunstancias han cambiado, nadie contaba con que se rodaría una película en Killarney, y mucho menos que nos escogerían a nosotros para alimentar a toda esa gente. Te necesitamos más que nunca —le dijo Bridget con voz dulce.

—Lo iremos viendo sobre la marcha y ya idearemos algo para que no tengas que desatender tu negocio de los globos. Pero esto es serio, cariño —Colin se inclinó sobre ella y le dio un cariñoso beso en la sien—: Eres una pieza fundamental en el restaurante. Gente influyente que ha venido a visitarnos ha dicho maravillas de ti.

Sus padres eran unos embaucadores. Eran tan atentos y cariñosos con ella que sentía que no podía negarles nada. Esa era la razón principal por la que a sus veintiocho años continuaba trabajando en el negocio familiar. La razón por la que durante muchísimo tiempo desbarató sus planes y sueños de juventud para agradar a sus progenitores. Sin embargo, hacía un tiempo había llegado a un punto en el que ya no concebía la idea de permanecer toda su vida anclada al restaurante, y por eso había fundado su propia empresa con Damon y Shannon, con los que compartía aficiones e intereses. Sus padres opinaban que debía tomárselo como una mera afición, ya que era muy difícil obtener rentabilidad de una actividad que solo funcionaba bien durante los meses de primavera y verano, y siempre que las condiciones atmosféricas fueran propicias. ¡Y aquello era Irlanda!, donde las precipitaciones eran regulares y abundantes durante todas las estaciones del año. Erie sabía todo eso, pero no estaba dispuesta a que nada ni nadie se interpusiera entre ella y sus ambiciones. Ni siquiera el clima. Podía ser camarera durante el resto de su vida si tras colgar el uniforme podía dedicarse a su verdadera pasión, la que la hacía sentirse una persona realizada, pero no podría hacerlo en el caso contrario.

Regresó al salón y se pasó por las animadas mesas para comprobar que todo estaba en orden.

Mientras se relacionaba con los invitados y se aseguraba de que recibieran el mejor trato posible, puso el piloto automático y su mente se puso a desvariar.

Tenía muchas ganas de volver a ver a Kevin.

Al menos, durante un buen rato, dejó de sentir ese vacío interior.

Capítulo 2

El *Silver Muse* llegó al puerto de Cork por la mañana temprano, después de cinco días de travesía transatlántica.

En cubierta, de camino hacia las escaleras de desembarque, se dio cuenta de que en el muelle aguardaban unos cuantos fotógrafos. Iban armados con las cámaras que les sacarían en las revistas del corazón del día siguiente. Detestaba salir en la prensa por otra razón que no fuera su trabajo, aunque comprendía que su agitada vida amorosa suscitara el interés de los medios. Alison, por el contrario, estaba encantada con ocupar las portadas de las revistas del corazón.

Hacía un par de meses que salía con ella y, casualmente, nunca se había topado con tantos *paparazzi* en su vida. ¡Los tenía pegados a los talones! Les esperaban a las salidas de los restaurantes, de los partidos de fútbol, cuando iba de compras e incluso en el puñetero puerto de Cork.

Y siempre cuando iba en su compañía. ¿Cómo demonios se habían enterado? ¿Y qué tenía de especial su llegada a la ciudad de no haber sido porque viajaba con Alison?

Ella tenía trabajo en Londres durante las próximas semanas, y por eso había decidido acompañarle en lugar de subirse a un avión. De no haber sido así, probablemente, ahora el muelle estaría desierto.

Sospechaba de ella desde casi el principio, pero había decidido mostrarse prudente al respecto, al menos, hasta que no tuviera pruebas con las que acusarla. Pero aquello... Tenía que haber avisado a la prensa, como tantas otras veces, no podía haber otra explicación.

Vio los flases rompiendo la neblina grisácea de la mañana, apuntándoles en su avance. Alison caminaba en la cola por delante de él y dirigía a los fotógrafos la mejor de sus sonrisas −solo le faltaba alzar la mano para saludarles como si fuera la reina de Inglaterra−, y la gota colmó el vaso. La asió por la muñeca y salió de la fila de turistas.

Junto a la barandilla interior y lejos del alcance de los potentes objetivos, Kevin le dirigió una mirada poco amable. La de ella fingía sorpresa.

—¿Qué haces? ¿Por qué nos detenemos? —Posó una mano en su pecho—. Ya es tarde para regresar al camarote, el capitán no nos dejará. —Sonrió.

—¿Por qué está el muelle infestado de fotógrafos? ¿Cómo demonios se han enterado de que viajo contigo en el *Silver Muse* y que desembarcaríamos en Cork a esta hora? Tú no tendrás nada que ver, ¿verdad?

Sus bonitos ojos verdes chispearon y sus labios se estiraron, mostrándole una sonrisa forzada.

—¿Yo? Qué cosas tienes. Claro que no tengo nada que ver.

No encontró toda la sinceridad deseada, sino que sus sospechas aumentaron con su vacilante reacción.

—Estás mintiendo.

Pestañeó.

—¿Me llamas mentirosa?

—Sí, te llamo mentirosa, porque el hecho de que haya un montón de prensa detrás de mí siempre que estoy contigo no es ninguna casualidad.

—Eres una persona mediática, Kevin, es normal que…

—No, no es normal que solo aparezcan en masa cuando estoy contigo. —La atajó—. Reconoce que les has estado llamando.

Alison se quedó muda. Tenía un carácter débil y se hacía pequeña como un microbio cuando le veía malhumorado.

—¿Y qué pasará si lo hago?

—Prueba.

La joven se mordió el labio y suspiró.

—A mi carrera… a mi carrera le viene muy bien toda esta publicidad adicional —confesó con deje nervioso—. Me llueven los contratos desde que estoy saliendo contigo.

No había nada que Kevin detestase más que que se aprovechasen de su fama. Él podría haberla ayudado si se lo hubiese pedido, y lo habría hecho encantado, pero no toleraba que lo engañasen. ¡Con lo sorprendida que siempre se había mostrado cuando aparecía la prensa!

—Pues espero que te sigan lloviendo a partir de ahora.

—¿Qué quieres decir? —Se le derrumbó la voz—. Yo te quiero, Kevin, no quería que te enfadases conmigo y por eso te lo oculté. Pero no pensé que te molestaría tanto.

—¿Cómo no va a molestarme que actúes a mis espaldas? —bajó el tono, ya que algunos pasajeros se les quedaron mirando—. Oye, lo mejor es que sigamos cada uno por nuestro camino.

—¿Pero… pero has escuchado lo que te he dicho?

—No es mutuo, Alison. Yo no siento nada por ti.

Los ojos verdes temblaron y se fueron cubriendo de un brillo acuoso. Lo que le faltaba, que la prensa se hiciera eco de su ruptura en vivo y en directo.

—¿Estás rompiendo conmigo?

—Tú has roto. Te dije que no toleraba las mentiras —volvió a aclararle, para que no le hiciera sentir culpable—. Esto es lo que vamos a hacer. Vas a regresar a la cola, vas a bajar del barco y te vas a montar en tu taxi sin contestar a ninguna pregunta que te hagan, ¿queda claro?

—No podemos terminar así, sin una conversación relajada, sin una explicación más detallada… —argumentó con tono desesperado—. ¡Tenemos que hablarlo! No puedes dejarme de esta manera.

El exabrupto atrajo más miradas curiosas. Alison se estaba descontrolando y hasta las mejillas se le habían teñido de rojo. Temía que diera un espectáculo. Eso habría sido desastroso.

—Si quieres hablar, hablaremos. Te llamaré esta noche, ¿de acuerdo? —Señaló la cola con la cabeza y Alison le aferró los antebrazos.

—Necesito que me des esperanzas, que estés dispuesto a solucionar este malentendido. —¿Malentendido?—. De lo contrario, no podré soportar la larga espera hasta la noche.

Kevin miró a su alrededor. Gente por todos lados, tanto en cubierta como abajo en el muelle. No podía arriesgarse. No conocía a Alison lo suficiente como para asegurar que su carácter tranquilo no fuera a explotar ante la presión.

—Vale. —Ella suspiró con lentitud. Las lágrimas desaparecieron—. ¿Harás ahora lo que te he pedido?

—Se sorprenderán si nos ven bajar por separado.

—Pues que se sorprendan. Me trae sin cuidado lo que piensen.

—De acuerdo. Lo haremos así. —Asintió despacio, al tiempo que Kevin le daba un empujoncito para que se moviera. Ella tenía una última cosa que decirle—. Lo siento, lo siento mucho. Te prometo que no volverá a suceder. Tú me importas más que los contratos.

Eso lo dudaba, pero lo dejó estar.

—¿Me perdonas? —insistió—. ¿Me das al menos un beso hasta que volvamos a vernos?

Le dio el más frío y fugaz que había dado nunca.

—Vamos, ponte a la cola —susurró.

Kevin buscó el final y también se unió a ella. Desde lo alto de las escalerillas contempló el muelle y vio a Alison cumplir con el trato. Recogió su maleta, caminó con paso rápido hacia el taxi que la esperaba y no se detuvo para contestar a las preguntas que le hacían.

Más tranquilo, sacudió la cabeza y pensó en otra cosa para olvidarse del percance.

El cielo de Cork estaba encapotado y el denso manto de nubes grisáceas dejó caer las primeras gotas de lluvia. Pero eso no impidió que firmara algunos autógrafos y se hiciera fotos con algunos admiradores que pululaban por el puerto, mientras esperaba a recoger su equipaje. El taxista que tenía que llevarle hasta Killarney se ocupó de introducir las maletas en el coche y luego puso rumbo hacia el pueblo vecino.

Hora y media de trayecto a través de los espectaculares paisajes del sur de Irlanda. Desde que supo que volvería a Killarney su mente había ido desempolvando algunos recuerdos, aunque ahora, estando allí, se hicieron más nítidos. Cuatro años atrás había pasado unas efímeras vacaciones con un grupo de amigos en las afueras del pueblo. Habían sido ideales. Diversión, paz, buena comida irlandesa, una joven increíble... Se preguntó qué habría sido de Erie, aquella preciosidad rubia de ojos azul cielo con la que había compartido momentos tan especiales. Mientras observaba la infinita gama de verdes que se extendía a un lado y otro de la carretera, evocó sus rasgos angelicales, el sonido de su voz e incluso de su risa. Era un encanto, pero no era una chica intrépida. Ella nunca le llamó, nunca se arriesgó a aceptar su invitación. Y ante esa falta de iniciativa, él también lo dejó correr. Una pena. Podría haber surgido algo bonito entre los dos.

Imaginaba que ahora sería chef, aunque le gustaba tan poco cocinar que lo mismo había abandonado sus estudios de cocina. Lo más probable es que continuara sirviendo platos y atendiendo a los clientes en el restaurante de sus padres.

Tendría que regresar allí para volver a probar las deliciosas vieiras con salsa de *teriyaki* y naranja que cocinaba su padre pero, ante todo, para verla a ella. ¿Se habría comprometido con alguien? A lo mejor se había casado e incluso había tenido hijos. No se alegraría de ser así. Iba a pasar bastante tiempo en Killarney, él era un hombre con un marcado y saludable apetito sexual, y seguro que por los alrededores no existía mujer más deliciosa que ella. Pero si estaba comprometida... Él respetaba a las mujeres con pareja.

—¿Por qué no pone algo de música? Que sea alegre, a poder ser —le dijo al taxista, que tenía sintonizado un canal de ópera.

El hombre manipuló el dial y encontró una emisora que emitía una canción irlandesa muy marchosa.

Mucho mejor.

Cuando llegaron a su destino estaba cayendo un buen chaparrón, algo usual en Irlanda. Kevin contempló las casitas unifamiliares que adornaban la periferia entre los regueros de lluvia que recorrían los cristales del coche. Le eran familiares. El pueblo no era muy grande, había paseado por esas calles durante su estancia vacacional.

Dejaron atrás la imponente catedral de Santa María y se acercaron a las inmediaciones del parque nacional de Killarney. El equipo había obtenido un permiso especial del Ayuntamiento para rodar en el interior del parque, en una llanura limítrofe con Port Road. El director de la película, Douglas Wells, había peleado con las autoridades para que les permitiesen adentrarse un poco más en el corazón del parque nacional, pero todos sus esfuerzos habían sido en vano. Aquel era un lugar especialmente protegido.

Divisó el campamento a la izquierda, tras sortear una curva del camino. Ya debía de estar allí todo el equipo, pues el rodaje comenzaba por la tarde si las inclemencias climáticas lo permitían. Vio a Douglas bajo la tela impermeable de un chubasquero regresando de alguna parte con dos ayudantes del equipo técnico. Este alzó los brazos a modo de bienvenida cuando vio el taxi. Kevin no tenía muchos amigos reales en el mundo del celuloide, pero Douglas era uno de ellos. Eran amigos desde hacía años, y siempre era un placer trabajar juntos.

Se apeó del vehículo y caminó sin protección bajo la lluvia hacia el reencuentro, mientras el taxista se ocupaba de sacar su equipaje del maletero. Saludó a Michael y a Frank con un apretón de manos y con Douglas intercambió unas palmaditas en la espalda.

—Bienvenido a Killarney, nuestro nuevo hogar durante el próximo mes. ¿Qué tal el viajecito en barco? ¿Ha sido de tu agrado? —inquirió con sorna—. Ya veo que sí. —Se señaló el cuello con el índice y Kevin entendió que Alison le habría dejado alguna marca visible durante sus apasionados encuentros sexuales—. Eres un cabrón con mucha suerte. Siempre te las has ingeniado para convertir la mierda en oro.

—Recuérdamelo cuando la humedad de este lugar se me meta en los huesos y comience a dolerme el hombro. Aún hay mucha mierda que convertir en oro.

Pagó al taxista y agarró la bolsa de equipaje y la maleta. Douglas le condujo hacia su caravana mientras le ponía al corriente de los últimos acontecimientos y comentaba la agenda de los próximos días.

—Esta es —señaló la caravana de color acero con la cabeza—, lejos de la de Edward, como pediste.

Edward era uno de los actores secundarios de la película. Aunque era un buen tipo tenía la maldita costumbre de cantar todo el tiempo a pleno pulmón. Kevin no soportaba su voz, quejumbrosa y desafinada, que causaba más de un dolor de cabeza, así que lo quería lejos de él. Cuanto más mejor.

—Tú sí que eres un cabrón. ¿Por qué tu caravana es más grande que la mía?

—Porque he llegado cinco días antes que tú. Y porque soy el director —se jactó.

—Ya, pero tú eres un tipo pequeño, la mitad de grande que yo. No necesitas tanto espacio —lo señaló con el dedo mientras el otro sonreía—, además, seguro que no te comes ni una rosca con ninguna chica de por aquí, así que si has escogido la más grande con esa intención, siento decirte que tendrás que disfrutarla tú solo.

Douglas rio mientras Kevin abría la puerta y metía dentro el equipaje. Entre ellos dos nunca había ningún mal rollo, simplemente, disfrutaban fastidiando al contrario.

—Ya le he echado el ojo a una, a la secretaria del alcalde, una pelirroja muy exuberante que nos ha recibido en las reuniones. Tiene un buen par de tetas. Precisamente, sus tetas eran la tercera razón por la que me quedé con la caravana más grande.

—Eres un capullo. —Kevin esbozó una media sonrisa—. Voy a deshacer el equipaje, luego nos vemos.

Dejó de llover cuando colocaba los utensilios de aseo en el armario del minúsculo baño. Tras disfrutar de un camarote de enormes dimensiones que disponía de todos los lujos que se podían desear, la caravana se le antojaba un cuchitril que contenía lo justo e indispensable para sobrevivir. Nunca había pasado tanto tiempo viviendo en una caravana, pero Killarney no tenía ningún hotel lo suficientemente grande como para albergar a todo el equipo de rodaje durante tanto tiempo. De todos modos, agradecía estar de nuevo en funcionamiento, y el entorno no podía ser más espectacular.

Salió a dar una vuelta por las inmediaciones. Habían hecho un corto parón en el trabajo tras unas semanas de rodaje en Carolina del Sur y hacía días que no veía a sus compañeros. Saludó a Lindsay, a Paul, charló un rato con Jeffrey y con Sam y dio un paseo junto a Mary Blumer, la directora de fotografía, con la que mantuvo una conversación sobre trabajo. Más tarde se les unió Douglas y la charla derivó en lo que Kevin ya se imaginaba: una nueva discusión entre la fotógrafa y el director que derivó en un nuevo y absurdo enfado entre ambos. Kevin se mantuvo al margen, pero se quedó con las ganas de decirles que deberían dejar a un lado sus rencillas personales durante el tiempo que trabajasen juntos, ya que el motivo que había originado el enfrentamiento no podía ser más absurdo. ¿A quién se le ocurriría discutir por algo tan estúpido como el sentido en que soplaba el viento? Aquellos dos no se habrían puesto de acuerdo ni en el color de la mierda.

—¿Sabes lo que te digo, Douglas? Que eres un necio.

Sulfurada, Mary dio media vuelta y se largó a grandes zancadas, dejando al hombrecillo con la palabra en la boca.

—Joder, ¡odio cuando hace eso! —masculló entre dientes, con la vista fija en el menudo cuerpo de Mary—. Siempre es lo mismo, me calienta la cabeza y luego se larga sin más. ¡Y encima soy yo el que tiene la culpa! Con lo grande que es el puñetero Hollywood y me toca trabajar con ella una vez más.

—Sois tal para cual.

—¿Qué dices, hombre? Ni se te ocurra compararme con esa...

—No digas nada de lo que luego te puedas arrepentir. —Le dio unas palmaditas en el hombro.

—¿Arrepentirme? Es una bruja y una tocapelotas. —Se lamió la yema del dedo índice de nuevo y lo alzó por delante de su cara—. Claramente sopla en dirección norte. Pruébalo tú y dime si estoy equivocado.

—Déjate de gilipolleces. Lo que deberías hacer es reconocer de una maldita vez que Mary Blumer te gusta en lugar de insistir en que estás más interesado en la pelirroja de las grandes tetas.

—¿Gustarme? ¿Qué diablos te han dado de comer en ese barco? ¡Claro que no me gusta! Es pequeña, delgaducha, plana como una tabla de planchar, lleva esas gafotas que le cubren toda la cara y encima tiene mal carácter.

—Pues no pensabas todo eso en nuestra última fiesta de chupitos de tequila. Si no llega a ser por esa llamada que Mary recibió de su familia, cuando la avisaron de que había fallecido su abuelo, hubierais pasado la noche los dos juntos en tu habitación del hotel.

—Yo no recuerdo nada de eso.

—No quieres recordarlo —puntualizó—, no estabas tan borracho como para haberlo olvidado. Además, a mí me parece una mujer muy atractiva, mucho más que tú, por cierto.

—¿Ah sí? ¿Y por qué no te la tiras tú?

—Porque no soy yo quien le gusta. —Ladeó la sonrisa—. A mí no me puedes engañar. Te conozco desde hace siglos y sé cuándo te sientes emocionalmente atraído por una mujer.

—Desde que me divorcié no me he sentido atraído por ninguna.

—Eso es lo que tú te piensas, pero eres un libro abierto para mí. —Le colocó la mano sobre su huesudo hombro y le dio un ligero apretón—.

Deja de fanfarronear delante de ella sobre todas la mujeres con las que te acuestas y muéstrate más sincero. Tenéis que resolver toda esa tensión no resuelta que hay entre los dos.

—¿Tensión no resuelta? Tú sí que dices gilipolleces. No hay nada que resolver entre Mary Blumer y yo.

Kevin rio entre dientes.

—Adelante, sigue negándolo todo lo que quieras. Al final te estallará en la cara y no te quedará más remedio que tragarte tus miedos y tus prejuicios.

—¿De qué hablas?

Su amigo arqueó las cejas rubias y sus ojos azules le observaron con incredulidad.

—Pavor a que vuelvan a echarte el lazo. Prejuicios a que tus amigos superficiales de Malibú te digan que has bajado mucho el listón si te ven salir con ella.

—Pero… ¿pero cómo tienes la desfachatez de hablarme así cuando tú no haces más que saltar de una *top model* a otra?

—Porque yo no me siento emocionalmente atraído por ninguna mujer. Si eso sucediera, que no sucederá, no me obstinaría tanto como tú en negarlo. —Le soltó el hombro y señaló a Mary Blumer con un movimiento de cabeza. La directora de fotografía estaba bordeando la carpa donde se había instalado el servicio de catering—. Parece que ha engordado unos kilos y se le ha rellenado el trasero, ¿no crees? Yo la veo estupenda.

Douglas entornó los ojos al fijar la vista en el trasero de Mary y tardó unos segundos en responder. Kevin soltó una carcajada y el director saltó a la defensiva.

—¡No tengo el más mínimo interés en esa mujer! ¿Queda claro? Así que deja ya de tomarme el pelo.

—Vale, como tú digas. —Levantó las manos en son de paz y a Douglas se le relajó el ceño.

Hacía un año que Douglas había pasado por el proceso de un divorcio muy traumático que le había dejado profundas secuelas emocionales. Desde entonces, trataba de superarlo como la mayoría de los tíos que Kevin conocía, acostándose con todas las mujeres que se le ponían al alcance, pero Douglas estaba hecho de otra pasta, y no le convenía seguir metido en ese mundo tan frívolo y superficial. Era un tipo ingenuo y vulnerable, y las mujeres se aprovechaban de él y lo manejaban a su antojo. En una ocasión, si Kevin no hubiese intervenido, una de esas mujeres le habría dejado la tarjeta de crédito en números rojos. Por no mencionar el tonteo con determinadas sustancias ilegales en las alocadas noches de fiesta hollywoodenses.

Douglas necesitaba a su lado una mujer que lo centrase y que le valorara más allá de su éxito profesional y su dinero.

Como Mary Blumer.

Esperaba que no tardasen en reconocer que los dos se gustaban y, sobre todo, que Douglas dejara de comportarse como un imbécil delante de ella.

Un Nissan Micra plateado se detuvo junto a la reluciente carpa blanca y del interior se apeó una joven rubia que vestía vaqueros, camiseta blanca y zapatillas de deporte. Aunque se interponía una distancia considerable entre la carpa y el lugar donde Douglas y él se habían detenido, la reconoció al instante. Su belleza era algo que difícilmente se podía olvidar.

No obstante, se hizo el despistado para sonsacarle información a su amigo.

—¿Quién es?

—¿La rubia? Es guapa, ¿verdad? Había pensado en ella como plan b, por si me falla la pelirroja, pero me da la sensación de que no soy su tipo. No saltó ninguna chispa por su parte cuando me la presentaron, aunque si me obstino ya sabes que puedo conseguir todo lo que me proponga. —Chasqueó la lengua—. Es la hija de los propietarios del restaurante. Relaciones públicas o algo así, aunque también es camarera. Se llama… —se rascó la barbilla perfectamente afeitada— Erie. Se llama Erie.

—¿Así que ella y su familia se ocuparán del catering?

—Sí, ¿por qué tantas preguntas?

—Por nada. Es que me recuerda a alguien.

—Probablemente a alguna de las cientos de tías a las que te has tirado desde lo tuyo con Deirdre.

Kevin le ignoró. Estaba centrado en ella, en reconocer todos los detalles que tan familiares le resultaron mientras la observaba dirigirse hacia la entrada de la carpa.

Erie Brennan pertenecía a otra época de su vida, cuando él aún creía en la lealtad entre hombre y mujer, en el amor, en la sinceridad y en todos esos sentimientos románticos que un buen día –o un día terrible, más bien–, desaparecieron para no dejar ni rastro. La verdad es que era un poco desconcertante reencontrarse con una mujer que le recordaba al hombre que un día fue, aquel que no desconfiaba del sexo opuesto y que saltaba al vacío sin atenerse a las consecuencias.

Le asaltaron más recuerdos: retazos de las conversaciones más interesantes que jamás había mantenido con una mujer, el sonido de su risa cuando reía a carcajadas, sus tímidas sonrisas cuando la atracción entre los dos se hacía más que evidente, el viento jugueteando con su cabello rubio. La emoción que expresaron sus ojos azules cuando le dio la sorpresa de su vida... Y también su olor afrutado, el tacto sedoso de su piel, el sabor de su boca.

La propuesta que le hizo y que ella nunca aceptó.

—Tienes esa mirada. —Escuchó que le decía Douglas.

—¿Qué mirada?

—La de depredador. Te recuerdo que estás saliendo con... ¿cómo se llama?

—Ya no estoy saliendo con ella.

—¡No me jodas! Pero si habéis viajado juntos…

—El puerto estaba lleno de *paparazzi*. Como tenía la mosca detrás de la oreja la he obligado a confesar que se dedicaba a llamar a los fotógrafos cada vez que salíamos juntos. Así que ya es historia.

—Joder, cómo son algunas tías. —Arqueó las cejas—. Bueno, pues con más razón, insisto en que aquella chica es la hija de la gente que nos tiene que dar de comer mientras estemos aquí. No le rompas el corazón.

—¿Lo ves? Si en el fondo sigues siendo un romántico. —El director meneó la cabeza en respuesta a su ironía—. Estoy hambriento y solo son las diez. Iré a tomar algo.

—La cama de tu camarote todavía debe de estar caliente, ¿no puedes esperar al menos un día?

—Ella es… una vieja conocida. —Le explicó, sin ninguna intención de entrar en más detalles. Nunca hizo partícipe a nadie de su historia con Erie, y tampoco pensaba hacerlo ahora.

—¿Ah sí? —Arqueó las cejas—. ¿De qué la conoces?

—Ya te lo contaré en otro momento. Nos vemos después.

Kevin echó a andar en dirección a la carpa y Douglas se lo quedó mirando desde la fascinación. Envidiaba su aplomo y su seguridad. Siempre trataba de imitarle, pero jamás conseguía el efecto que su amigo provocaba en las mujeres. Seguro que tendría en su cama a la tal Erie antes de que cayera la noche. Tampoco es que se extrañase, Kevin era mucho más alto, más corpulento y bastante más atractivo que él.

Y era muy famoso.

Chasqueó la lengua y se encaminó hacia el lugar donde rodarían por la tarde.

Capítulo 3

Ella no le vio entrar. Se encontraba de espaldas a la puerta, reunida con un equipo de camareros al que daba instrucciones. Estos levantaron la mirada tan pronto como atravesó el umbral y notó la fascinación que suscitó en ellos mientras buscaba la cafetera y lo que había sobrado del desayuno. Sus compañeros tenían buen apetito. Apenas habían dejado unos cruasanes y unos panecillos de soda con chocolate que no había vuelto a probar desde la última vez que visitó Dublín.

El interés de su equipo despertó la curiosidad de la joven, y aquellos grandes ojos azules que en el pasado le dejaban sin respiración –y que ahora volvieron a extasiarle–, buscaron por encima de su hombro aquello que había originado la distracción de sus trabajadores.

Sus rasgos angelicales se congelaron en una expresión risueña.

Kevin le sonrió con la mirada y ella pestañeó

con una timidez arrebatadora antes de volver a sus quehaceres. Se fijó en que sus delgados hombros adoptaban una postura más rígida y comenzó a cargar el peso de una pierna a otra casi de manera constante mientras concluía con el tono de voz más tenso.

Se había puesto nerviosa.

A Erie le costó concentrarse al notar que tenía la mirada de Kevin Ridge clavada en la espalda. Perdió el hilo de lo que estaba diciendo dos veces seguidas, despertando algunas sonrisas burlonas. Antes de ponerse un poco más en evidencia, acortó el discurso y dio la reunión por concluida.

—Volved al trabajo y dejad de mirarle como si no hubieseis visto a un hombre en toda vuestra vida —amonestó a las chicas—. Somos profesionales —refunfuñó.

—¡Es que está buenísimo, Erie! —susurró Kimberly.

—Mucho más que en la tele. ¿Nos lo puedes presentar, por favor? —A Brittany solo le faltó dar saltos de júbilo.

—Veré lo que puedo hacer. Venga, ¡al trabajo! O pensará que estamos cuchicheando.

Las camareras se alejaron murmurando por lo bajo, aunque con las miradas todavía puestas en él. Antes de girarse, Erie hizo unas inspiraciones para manejar el fino temblor nervioso que impulsaba sus latidos.

Dio media vuelta, todavía la observaba mientras se comía un panecillo de soda con chocolate.

Se acercó a él sonriente al tiempo que se secaba el sudor de las palmas de las manos en los vaqueros con todo el disimulo que pudo, que no fue mucho.

—Hola, yo…

Se atascó.

No sabía qué decirle. Todo lo que había ensayado en casa cuando le tuviera delante le sonaba ridículo.

—Me alegra verte de nuevo, Erie.

Se inclinó y le dio un beso en la mejilla. ¡Delante de todo el mundo! Siempre fueron muy discretos en el pasado. Acudían a lugares donde nadie pudiese verles porque Erie no quería levantar habladurías en el pueblo. Las que levantaría ahora después de aquel recibimiento iban a pasar a la historia, aunque ya no le importaba tanto.

—A mí también. —Espiró todo el aire retenido—. Te acuerdas de mí…

—¿Cómo no iba a acordarme?

—Ha pasado tanto tiempo…

—No el suficiente. —Se produjo una pausa breve y silenciosa en la que solo se miraron. Él le recorrió la cara con una mirada contemplativa y evocadora. Ella, simplemente, volvió a quedarse muda. —Estás guapísima. Mis recuerdos no te hacían justicia.

—Tú estás… imponente.

Ya lo estaba entonces, pero ahora, a los treinta y cuatro años, veía una madurez y un carisma añadidos que resultaban irresistibles.

—¿Cómo estás? Me han dicho que te ocuparás del catering mientras estemos rodando en Killarney.

—Sí, nosotros... hemos crecido y nos hemos hecho más fuertes. Ahora somos el restaurante más popular de todo el condado de Kerry. —Sonrió con orgullo.

—No me extraña. Todavía recuerdo esas vieiras con salsa de *teriyaki* y naranja. ¡Estaban para chuparse los dedos!

—Ahora puedes volver a probarlas cuando quieras.

—En cuanto tenga la ocasión —aseguró, con pasión en la voz—. ¿Y qué hay de ti? Supongo que ahora serás una gran chef.

—Pues... Lo intenté pero no pudo ser. Está claro que no heredé las artes culinarias de mis padres. Ellos dos son unos grandes cocineros y yo... —se encogió de hombros con cierto aire de resignación— soy mucho mejor organizando, asistiendo a los clientes, ya sabes, relaciones públicas.

Percibió una leve decepción en él. Erie sabía la razón. Habían hablado tanto de sus sueños y proyectos... Quiso contárselo, pero no le pareció el momento indicado.

—Eres una buena anfitriona. Estoy seguro de que tú también has sido una pieza fundamental del éxito.

—Me encantaría que mis padres conociesen tu opinión —bromeó—. Lo cierto es que están muy orgullosos. Hacemos un buen equipo.

Su mirada oscura como la noche se volvió más íntima y Erie notó que se le acaloraban las mejillas.

—Bueno, yo... —señaló con el índice por detrás de su hombro— debería volver al trabajo. En nombre del restaurante te doy la bienvenida a Killarney. Es un placer trabajar para vosotros.

¡Qué formal que acababa de sonar! Aunque no tanto como el gesto de alargar el brazo con la intención de estrechar su mano. Él frunció el ceño y ella la retiró. Mejor, porque seguía sudándole. Le sucedía siempre que se ponía nerviosa o sentía que estaba fuera de control. ¡Él la intimidaba! Daba igual que le hubiese conocido personalmente cuando aún no era tan famoso.

Kevin terminó de comerse el panecillo y se limpió los labios y los dedos con una servilleta de papel. A continuación, capturó su mano y jugueteó con sus temblorosos dedos mientras le decía con tono grave:

—Rodaré toda la tarde, pero esta noche me gustaría verte. ¿Te viene bien a las nueve? En la nevera de mi caravana he encontrado ingredientes para preparar unos ojos irlandeses. Recuerdo que te gustaba ese cóctel tanto como a mí.

El corazón de Erie se aceleró de emoción, de alegría, de excitación, de nerviosismo e incluso de miedo.

Viendo que no reaccionaba, él se inclinó y acercó la cara a la suya. Rápidamente, le llegó su característico olor afrutado.

—Mi caravana es la de color gris metalizado. Desde aquí es la séptima a mano derecha.

—Vale —soltó ella de golpe, a la par que afirmaba con la cabeza.

—Bien. —La perezosa curva de sus atractivos labios la dejó sin respiración—. Te espero a las nueve.

—A las nueve.

Erie escuchó revuelo a su espalda. Perfecto, ¡sus chicos necesitaban su intervención!

—Creo que te reclaman.

—Eso parece. —Esbozó una sonrisa superflua—. Que... que tengas un buen día.

—Tú también, Erie.

A ella le costó romper la conexión de las miradas, ya que su maldito cerebro estaba reaccionando con bastante retardo. Cuando consiguió dar media vuelta, la excitación era tal que se movió como un cohete hacia el lugar donde discutían sus chicos.

Trabajó mucho más relajada cuando él abandonó la carpa, aunque ya no pudo sacarse de la cabeza que tenía una cita con él. Todas sus dudas respecto a cómo sería el reencuentro con Kevin habían sido infundadas. Era cierto que la fama no le había cambiado, que todavía le apetecía pasar su tiempo libre con la chica del restaurante de un pequeño pueblo de Irlanda.

Hacia el medio día se comió un sándwich a toda prisa y abandonó el campamento. Todo estaba organizado y bajo control. Bridget se haría cargo de la carpa hasta que el menú de la cena estuviese listo y a punto de servirse, luego ella regresaría para supervisar el trabajo hasta el cierre.

Los dos viajes en globo aerostático le liberaron la tensión. Allí arriba, mientras sobrevolaba el parque nacional con dos pasajeros a bordo en cada ocasión, pudo relajarse por fin. Menos mal que las nubes que encapotaban el cielo durante la mañana se habían retirado, porque solo volaban cuando las condiciones climáticas eran de máxima seguridad.

Los turistas le caldeaban el corazón con sus expresiones extasiadas mientras les mostraba los lugares más destacados que iban visitando y les relataba datos relevantes sobre su maravilloso patrimonio histórico.

Cuando el sol comenzó a ocultarse, buscó el lugar idóneo para el aterrizaje y accionó las válvulas de los tanques de propano hasta encontrar la corriente de aire que les llevó hasta allí. A continuación, dejó que el aire se fuera enfriando y abrió la válvula del paracaídas de la parte superior para agilizar la maniobra. Estaban sobre las verdes explanadas que se extendían frente a Muckross House. Ese día era Damon quien controlaba desde tierra con el potente monovolumen que les seguía a todas partes. Shannon no se hallaba lejos de allí, ya maniobraba para tratar de aterrizar en un lugar lo más cercano posible.

Ya en tierra firme, brindó con champán con su grupo de turistas y luego les invitó a que se unieran a la recogida de la vela, actividad que realizaron muy gustosos. Un buen rato después, cuando los dos globos ya estaban debidamente colocados en el remolque, Damon invitó a los cuatro turistas a que subieran al monovolumen de siete plazas con la intención de acercarles a la mansión Muckross, punto escogido para el despegue y donde los clientes estacionaban sus vehículos.

Erie se quedó con Shannon aguardando junto al remolque mientras comentaban las vicisitudes de la tarde.

—¿Tienes que regresar al campamento?

—Sí, aunque no me entretendré mucho. Mi madre ha pasado allí la tarde pero, ya sabes, a ellos les gusta que sea yo la que tenga el trato directo con el equipo.

—¿Dijiste que era hoy cuando llegaba Kevin Ridge?

—Sí, lo he saludado esta mañana.

—¿Y cómo ha sido? ¿Te ha recordado? —Shannon le agarró el antebrazo y la miró con los ojos azules muy abiertos—. ¿Esa sonrisilla significa que sí? Ohhh, ¡vaya! —Alargó las palabras, fascinada—. ¿Y sigue siendo tan agradable como hace cuatro años? ¿Te ha propuesto que os veáis como la otra vez?

Erie pensaba que manejaría mejor su inminente cita con Kevin si no lo compartía con nadie. Ya se infligía a sí misma demasiadas presiones. Sin embargo, ocultarlo la hacía sentir como si estuviera haciendo algo incorrecto. Además, nunca le había ocultado nada a Shannon, era su persona de confianza.

—Voy a pasarme por su caravana después de la cena.

—¡Madre mía! —Shannon le clavó los dedos en la carne—. ¿En su caravana?

—Tiene novia, ¿qué hay de malo? Solo vamos a charlar un rato sobre los viejos tiempos.

—Esa relación tiene muy poca consistencia, no creo que sea un impedimento para acercarse a ti. Además, va a pasar un mes en Killarney, ¿crees que va a tirarse todo ese tiempo guardándole fidelidad a esa tonta?

—Esa tonta puede venir a Killarney cuando se le antoje.

—¿E instalarse en una caravana con lo estirada que es?

—¿Sabes que me vas a hacer un moretón como me sigas apretando así?

—Oh, perdona. —La soltó—. Es la emoción.

—Pues relájate, porque no va a suceder nada de nada.

Shannon se echó a reír.

—Hablo en serio. No voy a tener ninguna aventura con él. Ya sé lo que son y no están hechas para mí.

—Pero ahora eres mucho más fuerte. Has madurado.

—También soy más realista. No quiero rollos

pasajeros en mi vida y menos con actores guapos y famosos que te puedan romper el corazón. —Shannon se dio cuenta de que era a sí misma a quien trataba de convencer—. No tendría que haberte dicho nada, sabía que lo exagerarías todo.

—Entre tú y yo no hay secretos. —Le dio un golpecito en el hombro y Erie resopló—. ¿Me lo presentarás? Me haría tanta ilusión... Quiero colgar una foto con él en todas las redes sociales, para que todo el mundo se muera de envidia.

—No te lo mereces, pero te lo presentaré —bromeó.

Hacía cuatro años, cuando él estuvo en Killarney, Shannon se hallaba disfrutando de su luna de miel con Niall en las islas Fiyi y le dio mucha rabia enterarse de todo lo que había sucedido en su ausencia.

—Y ni una palabra de esto a Damon. Ya sabes cómo es.

—Soy una tumba.

La camioneta de Damon regresaba al punto de encuentro envuelta en los colores del atardecer. Pronto sería de noche, y las temperaturas se iban desplomando lentamente. Emprendieron el camino hacia el pequeño hangar que tenían alquilado en las afueras de Killarney y Shannon aprovechó para contarle a Damon que Erie ya se había encontrado con Kevin Ridge por la mañana, en el campamento. Él alternó rápidas miradas del camino a Erie, que iba de copiloto, y sacudió tanto la coleta que pensó que se le desencajaría del cuero cabelludo.

—Preséntamelo y seré tu esclavo el tiempo que tú quieras.

Erie se echó a reír. Cuando Damon se ponía excesivo en sus reacciones aparecía ese lado femenino que nadie sospecharía que poseía. Shannon asomó la cabeza entre los dos asientos delanteros y dijo:

—¿Te ha contado alguna vez que hace cuatro años le conoció?

—Oh, desde luego, fue una de las primeras cosas que supe de ella cuando nos conocimos —aseguró Damon.

—¿Y también te contó que se enrolló con él?

—¿Cómo? —Los ojos castaños de Damon, sagaces y dulces a la vez, se abrieron como platos en dirección a Erie, que se limitaba a escucharles—. ¿Te enrollaste con él y me entero ahora?

—Fue antes de conocerte. Además, solo fue un simple beso.

—No tan simple —apuntó Shannon.

—¿Y qué demonios tiene que ver que fuera antes de conocerme? —la increpó—. ¿Has besado a ese hombre y me entero ahora? ¡Haz el favor de contarme ahora mismo todos los detalles!

Erie quiso estrangular a Shannon. Otras mujeres en su situación habrían aireado a los cuatro vientos su pequeña aventurilla con un famoso del calibre de Kevin Ridge –y con menos calibre también–, pero para Erie fue algo tan especial que prefería preservarlo. Solo Shannon conocía con detalle ese mágico episodio de su vida, entre otras cosas, porque cuando terminó necesitó un hombro en el que llorar. Menos mal que respetó la promesa de no contarle a su amigo que se había citado con él dentro de un rato.

Damon era especial, se había convertido en una persona de vital importancia para ella, a pesar de que solo hacía tres años que le conocía; pero, aun así, escatimó en detalles y le contó una versión superficial de aquel episodio de su vida.

Cuando llegó al campamento ya era de noche. Parte del equipo entró en la carpa para la cena. Kevin debía de estar rodando, porque no le vio aparecer hasta un buen rato después. Había estado tan atenta durante todo el tiempo de la entrada principal que le dolía la vista de tanto enfocarla en ese punto. Luego no pudo evitar buscarle con la mirada, siempre de soslayo, comprobando que él también buscaba la suya por encima de los camareros y los miembros del equipo que pululaban de un lugar a otro.

Había planeado tomar algo ligero antes de llegar allí, pero los nervios le impidieron probar bocado. ¡Se le había cerrado el estómago! Charló un rato con el director, con Douglas Wells, y el hombrecillo se mostró muy complacido tanto con el trato como con el servicio y la calidad del menú. Mientras charlaba con él vio a Kevin dirigirse hacia la salida. Desde el umbral le dedicó una mirada de complicidad en la que leyó claramente un mensaje implícito.

«Son las nueve. Te espero».

Algunos minutos más tarde, se aseguró de que nadie se diera cuenta de que abandonaba la carpa. Ya en el exterior, resguardada por las sombras de la noche, se colocó la capucha de la sudadera en la cabeza, metió las manos en los bolsillos y emprendió el largo trecho hacia la caravana de Kevin. Por el camino se cruzó con algunas personas a las que saludó con un rápido movimiento de cabeza.

Cuando llegó allí miró a su alrededor. Oscuridad y silencio, salvo por las voces que venían de lejos de los que aún llenaban el estómago. Habría sido muy poco profesional y bastante vergonzoso que alguien hubiera descubierto a la responsable del catering colándose en la caravana del actor principal de la película.

Observó el color metalizado que destellaba bajo el reflejo de las luces lejanas y luego alzó la vista hacia la pequeña ventana iluminada. ¡Tenía el estómago encogido! Y también tenía un calor tremendo, aunque el viento corría raudo y fresco por la llanura.

Se llenó los pulmones de aire y tocó con los nudillos en la puerta. Él abrió casi al instante y la luz interior se proyectó en él, dejándola sin respiración. Era tan alto y corpulento que la caravana parecía de miniatura. No pudo evitar admirar cómo se adhería la camiseta de algodón gris que lucía a esos pectorales tan desarrollados. Recordaba que eran duros como el cemento, como esa voz grave que la encandilaba y que la invitó a entrar.

Ella se plantó en medio de la caravana y se quitó la capucha mientras él cerraba la puerta. Allí dentro hacía más calor, así que se bajó la cremallera de la sudadera.

—Este lugar parece un poco pequeño para ti —comentó ella.

—Douglas, el director, llegó antes que yo y se ha quedado con la mejor. —Erie sintió sus manos acoplándose sobre sus hombros, a su espalda. Dio un respingo involuntario—. Quítate esto y ponte cómoda. Aquí dentro no vas a pasar frío.

¡Estaba segura de eso!

Observó la pequeña sala de estar, con la mesa y los asientos que hacían rinconera bajo la ventana trasera, mientras se despojaba de la sudadera.

—Siéntate. Estaba preparando los cócteles.

Erie le miró y sonrió. En la minúscula cocina había dos vasos todavía vacíos, una botella de whisky irlandés, otra de crema de whisky, una tercera de licor de menta y una pequeña fuente con cerezas en almíbar. Deseaba probarlo cuanto antes para que el alcohol mitigara sus nervios.

—Esta tarde he saludado a tus padres. Se han acercado en una pausa del rodaje. Son tan buena gente como recordaba. —Kevin le dirigió una mirada cálida y penetrante mientras vertía en el vaso las medidas de la crema de whisky. —Me han dicho que vuelas en globos aerostáticos, que has creado una empresa con dos amigos.

Erie entornó los ojos al tiempo que Kevin colocaba un par de cerezas en cada vaso y se acercaba a la mesa. Podría haber tomado asiento en la rinconera opuesta, pero se sentó a su lado. Hombro con hombro. Pierna con pierna. Erie agarró su vaso y dio un primer sorbo. El whisky le ardió en la garganta, pero fue una sensación agradable. Un par de sorbos más y sería una balsa de aceite.

—Pues sí que habéis hablado.

—Solo me han contado ese detalle. El resto prefiero descubrirlo por mí mismo. —Esa media sonrisa que aceleraba corazones desde la gran pantalla era mucho más nociva en persona—. Les pregunté dónde estabas y me dijeron que en tu globo, enseñándoles a los turistas el parque nacional. Al final lo hiciste. —Su mirada revelaba que se sentía orgulloso de ella.

—Lo hice. —Sonrió—. Me apunté a un curso de piloto de aerostato, pasé los exámenes teóricos y prácticos y conseguí el título. Luego alcancé las horas de vuelo que exige la normativa para dedicarte a la profesión y creé la empresa con dos amigos. No es nada del otro mundo. Solo tenemos dos globos y las barquillas son pequeñas, pero estoy encantada con lo que hago, la verdad. Ya hace dos años y medio que funcionamos. —Se aclaró la garganta y bebió otra vez para buscar ese punto de serenidad que tanta falta le hacía. Él la intimidaba con su cercanía y con esa manera de mirarla, como si quisiera traspasarla. ¿Tendría Shannon razón? ¡Pero si tenía novia!—. Es increíble. Fui tonta por no intentarlo mucho antes.

—Estoy muy orgulloso de ti, Erie.

—Fuiste tú quien me dio el empuje que necesitaba. Me hiciste el favor de mi vida cuando me invitaste a volar contigo. —Los ojos se le cubrieron de una pátina de emoción—. Si no me hubieras animado tanto, nunca me habría atrevido a dar el paso. Me costó más de un disgusto con mis padres abandonar las clases de cocina a las que iba en Cork. —Sonrió, las desavenencias ya estaban más que superadas—. Pero tranquilo, nunca les dije que tú me apoyaste.

—Lo he notado en la comida. Está todo delicioso —bromeó.

Erie se echó a reír. Luego bebió otro trago.

—¿Te hace feliz?

—Mucho. —Asintió con un rápido movimiento de cabeza—. Volar lo es casi todo para mí.

Antes de terminar la frase, recordó el accidente de Kevin y las tristes consecuencias con las que acarreaba desde entonces y se sintió culpable por mostrarse tan efusiva.

—Yo… lamento muchísimo lo que te sucedió. Quiero que sepas que estuve con el alma en vilo hasta que te recuperaste. Te llamé. Pero supongo que cambiaste de teléfono.

Vio su sorpresa. No esperaba que le hubiese llamado.

—Cambié de teléfono —asintió—. Pero no te preocupes, ese episodio de mi vida ya está superado. Bueno, no del todo —rectificó—. El puñetero hombro de vez en cuando me da bastante la lata. Pero me considero un hombre afortunado. Los médicos no se explican que sobreviviera.

Erie no creía que estuviese superado cuando no había vuelto a subirse a un avión desde el accidente. Siempre hacía todos los viajes en coche, en tren o en barco. Pero no era el momento de indagar en las secuelas emocionales.

La conversación le trajo a la memoria el momento en que se topó con la espeluznante noticia en los medios de comunicación. Lo recordaba perfectamente, estaba en casa desayunando en la mesa de la cocina y navegando por Internet cuando leyó los catastróficos titulares. Habían pasado dos años de aquello, pero el vello volvió a erizársele. Vivió unos días realmente angustiosos hasta que él salió de peligro. No podía creer que ahora estuviese allí con él, tan cerca que podía sentir su fortaleza y su vigor.

—Hablemos de cosas más agradables, ¿qué has hecho estos cuatro años aparte de convertirte en empresaria?

Erie suspiró y agitó el contenido de su vaso. Las cerezas se movieron suavemente sobre la crema.

—Me temo que no he hecho nada que pueda calificarse de agradable.

—¿Cómo lo calificarías entonces?

Pensó en su relación con Connor, en el vestido de novia, en la iglesia, en la humillación pública, en Damon... y se le escapó una sonrisa irónica.
—De surrealista.
—¿Surrealista?
—Tú conoces a mucha gente en Hollywood, pero estoy segura de que no conoces a nadie a quien le haya sucedido lo que a mí.
—Bueno, en los círculos en los que me muevo he visto casi de todo. Es difícil que algo pueda sorprenderme.
Ella se tomó un momento de reflexión. No solía hablar con nadie de aquello, y mucho menos en una primera toma de contacto. Sin embargo, para ella Kevin no era un extraño, incluso ahora que estaba allí con él, no le veía como el actor guapo y famoso que la había invitado a su caravana porque ninguna mujer se le resistía. Veía en él al Kevin que conoció cuatro años atrás, la persona con la que se sinceró y a la que le abrió el corazón sobre temas que nunca había tratado con nadie.
—¿De verdad quieres saberlo?
—Claro, aunque solo si tú quieres contármelo.
Erie curvó los labios.
—¿Con o sin detalles?
—Tratándose de ti, con detalles.

Capítulo 4

—Empecé a salir con Connor O'Really algunos meses después de que tú y yo nos conociéramos. Él acababa de mudarse a Killarney para abrir una consulta veterinaria. Por aquella época yo estaba viajando a Dublín todos los días para sacarme la licencia de piloto y en las clases coincidía con Damon. Damon es mi socio junto con Shannon, que es mi mejor amiga —le aclaró—. Todo marchaba bien entre Connor y yo o, al menos, esa era mi percepción. Incluso me propuso que nos casáramos al año de estar saliendo juntos y yo pensé: ¿por qué no? —Se mordió los labios y sacudió la cabeza—. Ojalá me hubiera tomado un momento para contestar a esa pregunta.

—¿Por qué? ¿No te habrías casado con él de haberlo pensado?

—No lo sé, era todo un poco confuso. —Frunció el ceño. Lo único que tenía claro respecto al enredo de sentimientos que la acompañaba aquellos días era que las mariposas que revoloteaban en su estómago cuando conoció a Connor no agitaban sus alas tan rápido como cuando conoció a Kevin. Pero eso no pensaba contárselo—. Nos llevábamos muy bien y éramos afines en muchas cosas pero nos faltaba...

Se detuvo a medias.

—¿Qué os faltaba?

—Química. Pasión.

—¿Por parte de quién?

—Al principio por parte de él, más adelante por parte de los dos.

—Y había una razón, supongo.

—¡Desde luego que la había! —Cabeceó—. Shannon y yo habíamos trabado mucha amistad con Damon. A veces salíamos a tomar algo después de las clases y así fue como surgió la idea de asociarnos para montar nuestra empresa. Como el proyecto empezó a ir muy en serio, cuando faltaban cinco meses para la boda organicé una cena en casa para que Damon y Connor se conocieran. —Se encontró con su mirada, que en todo momento estaba centrada en ella, incluso cuando bebía la observaba por encima del vaso. Aun así, le preguntó para asegurarse de que no le aburría—. ¿Me estoy enrollando demasiado?

—En absoluto. Estoy muy intrigado.

A esas alturas del relato, Kevin ya intuía el camino que habían tomado los acontecimientos, aunque aguardó en silencio a que ella terminara de contárselo. Erie decidió concluir yendo un poco más deprisa.

—Y así fue como mi prometido y mi socio y mejor amigo se enamoraron, aunque lo más terrible fue el momento que Connor escogió para salir del armario. ¿Te lo imaginas?

—Puedo hacerme una idea.

Erie cabeceó. Sus labios mantenían una sonrisa perenne en la que se apreciaban vestigios de incomprensión. Sin embargo, por lo distantes que sonaban sus palabras, daba la impresión de que el dolor ya estaba más que superado.

—¡Lo hizo por todo lo alto! —Movió las manos en el aire—. Ahí estaba yo con mi vestido de novia a los pies del altar cuando Shannon, que era mi dama de honor, vino a comunicarme que Connor se había echado atrás. Después llegaron las explicaciones, los dramas, las lágrimas, las decepciones... Ahora ellos dos están juntos y enamorados. —Kevin frunció el ceño—. Ya te he dicho que era surrealista.

—Lo único que me parece surrealista es que el tal Damon siga siendo tu socio después de arrebatarte el novio.

—Si no hubiera sido Damon habría sido otro hombre. El responsable de que todos sufriéramos fue Connor, por no aclararse con su condición sexual o con sus sentimientos amorosos hasta el mismo día de la boda. —Se encogió de hombros—. Damon es la mejor persona que he conocido jamás. Me ayudó muchísimo a asimilar todo lo que estaba sucediendo. Me respetó mucho más que Connor. Nunca quiso empezar nada con él hasta que no se definiera. Ahora pienso que aquello fue lo mejor que nos pudo pasar a todos porque, que él fuera poco apasionado conmigo no era tan normal como yo pretendía creer.

—No, desde luego que no es normal —aseveró—. Me parece inconcebible que un tío no sienta deseos de arrancarte la ropa, Erie. Y si es tu pareja, con más razón.

Ella notó tal estallido de calor en las mejillas que estuvo a punto de colocarse el vaso en ellas. Bebió un poco más mientras él le acoplaba detrás de la oreja un mechón de cabello que se le había soltado al alzar la cabeza.

Sonrió con timidez.

—¿Y tú? ¿Cómo calificarías los últimos cuatro años de tu vida?

—A ver, déjame pensar... —Se frotó el mentón, en el que se apreciaba la sombra de una barba incipiente—. Tengo dos adjetivos que le irían bien. Emocionante y accidentada. Espero que a partir de ahora solo sea emocionante.

Erie esperó a que él entrara en detalles farragosos de su vida amorosa, tal y como había hecho ella, o que le hablara acerca de los días oscuros tras el accidente en su avioneta, pero Kevin no tenía la intención de adentrarse en temas tan personales.

—¿Qué es lo que tú esperas? —le preguntó él.
—¿Del futuro?
—Del futuro a corto plazo. Del más inmediato.
—Pues… —perdió el hilo de lo que iba a decir cuando él extendió el brazo sobre el respaldo del sofá y se encogió de hombros— no lo sé, yo…
—¿No lo sabes?
Sintió su aliento en la oreja y sus dedos trazando círculos sobre su hombro desnudo. Demasiada cercanía, demasiada intimidad en sus miradas. Esa conexión tan fuerte que en su día sintió con él volvía a establecerse entre los dos, aunque de un modo mucho más precipitado. Se puso más tensa que una estaca. No esperaba que fuera a mostrarse tan seductor. La situación la descuadró tanto que perdió de golpe todo el aplomo que le quedaba.
—Supongo que… también espero que sea… emocionante. —Se aclaró la garganta—. Háblame de tu trabajo. Debes de sentirte muy orgulloso de todo lo que has conseguido —habló con atropello—. He visto todas tus películas en el cine y te considero un actor increíble.
—Podríamos tener uno de esos momentos ahora mismo. —El tono tibio de su voz y su mirada acariciadora le provocaron escalofríos de placer—. Eres tan hermosa, Erie. Se me corta la respiración cuando me miras. Tienes los ojos más bonitos que he visto nunca.

—En *Los olvidados* tu interpretación fue... fue magistral —musitó a media voz.

Quedó atrapada en su aura magnética y en ese encanto seductor que desplegaba sobre ella. ¡Qué atractivo era! En su día, las yemas de sus dedos recorrieron esos rasgos viriles y harmoniosos con el corazón rebosando emociones. Y ahora le acuciaba la necesidad de volver a hacerlo.

Kevin le estaba recorriendo el rostro con una mirada contemplativa que finalizó en sus labios. A ella se le entreabrieron por inercia a la par que notaba que el riego sanguíneo le abandonaba el cerebro. Su boca se precipitó sobre la suya sin más preámbulo y los dos se enfrascaron en un beso dulce, pausado y delicioso. Él le apresó el labio inferior y se lo recorrió con la punta de la lengua al tiempo que acoplaba las manos a ambos lados de su cabeza, como asegurándose de que no se escapara. Ella colocó las suyas sobre sus hombros y se perdió en las gloriosas sensaciones.

—¿Por qué me gustas tanto, Erie?

Kevin emprendió una cadena de besos mucho más comprometedores que alternó con miradas cargadas de deseo. Ella solo respondía con el alborozo de sus sentidos, que explosionaron cuando él le separó los labios y entró en su boca. El roce de su lengua le resultó vibrante y estremecedor. Se le encogieron hasta los dedos de los pies y se le aceleró la respiración. Se olvidó de sus nervios y reparos para besarle con la misma entrega con que él lo hacía, y no intentó racionalizar lo que estaba sucediendo. Había perdido la capacidad de analizar nada. Todo quedó silenciado bajo el fragor de sus sentidos y de esa necesidad tan primitiva.

Y de sus caricias.

El espacio era estrecho y él era un hombre corpulento, pero se las ingenió de maravilla para buscar una postura más íntima. Se dejó caer sobre ella, se acopló entre sus piernas y le enmarcó la cabeza con los antebrazos. Se tomó un momento para contemplarla. Las pupilas se le habían dilatado hasta comerse gran parte del azul cielo de sus iris. Tenía las mejillas sonrosadas, la piel brillante y los labios del color del fuego. Sus senos se agitaban bajo él, impulsados por el ritmo de su respiración acelerada.

El tiempo y la distancia habían desdibujado lo que en su día Erie le hizo sentir, pero ahora volvió a experimentarlo de súbito. Ella tenía algo embaucador que nunca había encontrado en otras mujeres.

¡Quiso devorarla!

Se había puesto duro como una piedra, pero no solo se trataba de sexo. Para su desgracia, la conexión con ella alcanzaba muchos más niveles.

—¿Cómo te sientes, Erie?

Se amoldó a sus caderas. No tuvo ningún reparo en hacerle partícipe de su erección. Ella abrió un poco los párpados al sentirla, pero el placer remoloneó en sus ojos y volvió a sumirse en ese sopor tan encantador.

—¿No vas a decir nada? —Le rozó la oreja con la nariz y depositó un beso en la zona más sensible de su cuello—. Te deseo. No sabes cuánto.

Ella también a él, pero abrir la boca para decírselo requería usar el cerebro para algo más que para sentir, y no estaba segura de si sería capaz de pronunciar esas palabras.

Clavó los dedos en su espalda. Esas suaves succiones en la base del cuello la estaban volviendo loca, aunque sentir su hombría en el centro de sus piernas fue demoledor. Se sintió hervir, nunca había tenido tanto calor.

—Voy a hacerte el amor, Erie Brennan. —Sus ojos negros volvieron a asomar frente a los suyos—. No concibo la noche de otro modo.

Internó su mano grande y cálida bajo su camiseta y la deslizó por los costados. La piel de Erin se erizó, pero cuando tocó la copa del sujetador las palabras que acababa de decirle cobraron todo el significado de golpe y despejaron la neblina que le congestionaba el cerebro.

Erie alzó las manos y le tomó el rostro entre ellas.

—¿Tú no tienes… novia?

—Novia es una palabra demasiado formal.

—¿Y qué relación mantienes con esa modelo tan guapa, entonces?

—Ahora mismo ninguna.

—¿Ninguna?

Kevin negó entre sus manos. Cuando intentó descender, ella opuso resistencia.

—Lo hemos dejado esta mañana. —Le dio la explicación que estaba esperando—. No estoy siendo un cerdo infiel, si es lo que te preocupa.

—¿Por qué habéis roto?

—¿Qué importancia tiene eso?

Kevin le acarició el sedoso pelo rubio desde la raíz hasta la punta. Luego deslizó la yema del pulgar sobre su ceño, pero no desapareció bajo la caricia.

—Diferencias irreconciliables, Erie.

—Es que... —Se mordió los labios. Había recuperado la cordura de golpe, aunque eso supusiera arruinar la magia del momento—. Me resulta algo incómodo que esta mañana tuvieses novia, pareja, chica o como quieras llamarlo, y que ya estés tan dispuesto a mantener relaciones sexuales con otra mujer.

—Tú no eres cualquier mujer, Erie.

—Pues estás consiguiendo que sienta todo lo contrario.

—¿Te sientes menospreciada porque te deseo? —Enarcó las cejas.

—No es por eso, yo también... —Se mordió la lengua, aunque no hacía falta ser muy lince para intuir lo que había estado a punto de decir—. Es que esperaba algo más que enrollarnos en el sofá de tu caravana a los quince minutos de llegar aquí.

—¿Algo como qué?
—Conversación, interés, entendimiento...
—Yo creo que nos estábamos entendiendo muy bien.
—No de esta manera —negó, haciéndole ver que su ironía le había molestado.

Kevin comprendió que su aturdimiento era muy sincero, así que se hizo a un lado para que ella pudiera incorporarse. Se había dejado llevar por la situación y había olvidado que Erie no se parecía en nada al prototipo de mujer con la que él se relacionaba. Se reprendió a sí mismo por su torpeza. Esperaba que sus actos impulsivos no hubiesen herido esa sensibilidad tan especial que ella poseía.

Erie trató de explicarse.

—No esperaba volver a verte, y seguro que tú tampoco, después de los años que han pasado, pero cuando supe que vendrías lo último que se me pasó por la cabeza fue que sucediera esto. No... no es que quiera dar a entender que no me guste, es solo que... No te recordaba así.

Kevin rio entre dientes.

—Es que ya no soy el mismo.

—Yo tampoco soy exactamente la misma, aunque no he olvidado que entre tú y yo existió algo más que atracción sexual —comentó por lo bajo.

—Yo tampoco lo he olvidado, pero aquello pertenece al pasado. Soy diferente, esta es otra etapa de mi vida, y en ella ya no hay cabida para todo aquello que tú y yo compartimos. —A ella se le cubrieron los ojos de decepción—. Siento ser así de sincero, pero no quiero mentirte. No tengo nada que ofrecer salvo lo que ya has visto.

—Me parece que estás siendo demasiado duro contigo mismo.

Kevin entornó los ojos.

—¿Sabes una cosa? Eres demasiado peligrosa para mí. Casi había olvidado que tenías una habilidad increíble para llegar al fondo de las personas, al menos al mío, y ahora acabas de recordármelo.

—Y deduzco que no te gusta.

—No demasiado —aseguró.

—Ya.

Erie suspiró. Se sintió triste. Había acudido a la cita con la ilusión de volver a reencontrarse con el Kevin de antaño, ese hombre sensible, atento, cariñoso, detallista y respetuoso que tanto la encandiló. Pero ese hombre ya no estaba allí. En su lugar, se había encontrado con el tipo mujeriego del que hablaban las revistas. Ese que rompía corazones a diestro y siniestro. Le miró a los ojos y se preguntó si se parapetaba tras esa fachada tan sólida para que nadie volviese a hacerle daño o si, realmente, había cambiado tanto. No había modo de saberlo. Su hermetismo era total.

Ella se limitó a aclararle su punto de vista.

—No he aceptado tu invitación con la intención de revivir el pasado. No quería dar esa impresión. Sé que ha transcurrido mucho tiempo y que ya nada es igual. Pero yo no he cambiado tanto como para meterme en la cama con un hombre con el que apenas he cruzado unas cuantas palabras. Y me da igual que ese hombre seas tú. Seguro que ninguna mujer se te resiste, pero yo no soy como las demás.

Le faltó decirle que ella siempre contaba con el apoyo de la vocecilla de la sensatez, que en ese momento le chillaba en el oído que sufriría lo indecible como se enredara con él. Mucho más que antaño, a juzgar por cómo concebía él en la actualidad su relación con las mujeres. ¡Y ella no quería sufrir!

—¿Y ahora por qué me miras así? —le preguntó Erie.

—¿Así cómo?

—Como si estuvieras de acuerdo con todo lo que te he dicho.

—No puedo estar de acuerdo en este estado —bromeó. Erie había sentido su «estado» perfectamente. Iba a necesitar una ducha fría en cuanto llegara a casa—. Siempre me gustó que fueras distinta a las demás. Esa era una de las cualidades que más admiraba de ti.

De repente, unos nudillos aporrearon la puerta de la caravana. A Erie se le subió el corazón a la garganta y Kevin escrutó la puerta con gesto malhumorado. Convencido de que se trataba de su amigo, se dirigió al intruso con voz áspera.

—¿Qué quieres, Douglas? Estoy ocupado.

—No soy Douglas. Soy Alison.

Erie se atragantó con su propia saliva y se llevó una mano a la boca para toser por lo bajo.

—¿Alison?

—Sí, cariño. La misma. —Su voz sonó cantarina.

Él murmuró una blasfemia.

—¿Y qué estás haciendo aquí?

—Dijiste que hablaríamos esta noche, pero he preferido hacerlo en persona y no por teléfono. ¿Vas a abrir la puerta?

Llamaba la atención el tono dulce de su voz en comparación con la manifiesta incomodidad de Kevin. Erie se sintió humillada, abochornada, y se puso en pie de un salto. Quería largarse de allí cuanto antes.

—Tú no vas a ninguna parte. Hablaré con ella fuera y le pediré que se marche.

—¿Kevin? —insistió Alison—. ¿Con quién hablas? ¿Es que estás con otra mujer? —se le quebró la voz.

Erie se dirigió a Kevin, malhumorada.

—Supongo que no te importará que me cruce con ella si es cierto que habéis terminado esta mañana. —La reacción de la modelo la hacía dudar—. ¿Te apartas de mi camino?

—¿Piensas que te estoy mintiendo? No debía haber venido hasta aquí, le dejé las cosas bien claras esta mañana.

—Pues creo que tendrás que volver a aclarárselas.

—Erie…

Quiso ablandarla con una mirada tierna que ella esquivó, no quería que la embaucara o que la convenciera de hacer otra cosa que no fuera salir corriendo de allí.

Kevin se puso las manos en las caderas y suspiró mientras Erie agarraba su sudadera y se encaminaba hacia la puerta.

—Lamento que nuestro primer encuentro haya transcurrido de esta manera.

—Yo también —aseguró ella.

—Hablaremos en otro momento, ¿de acuerdo?

Erie se encogió de hombros, mostrando una indiferencia que no sentía.

—De acuerdo.

Se marchaba decepcionada. Él había visto esa misma expresión en el rostro de otras muchas mujeres a lo largo de los últimos dos años. Sin embargo, la única que prendió una chispa de arrepentimiento en él fue ella.

Erie abrió la puerta y se topó de bruces con Alison. Una expresión de congojo retorció los rasgos perfectos de la modelo al constatar sus mayores temores.

Ella no se demoró, se precipitó hacia la oscuridad del campamento a la vez que introducía los brazos en las mangas de la sudadera. Las luces de la carpa ya estaban apagadas, pero el lejano alumbrado público iluminaba lo suficiente para saber por dónde andaba. Se puso la capucha, menos mal que ya no había nadie por los alrededores.

—¿Quién es esa mujer, Kevin? —Escuchó que la joven inquiría con la voz trémula e impactada.

—Es una amiga —respondió él con pereza—. No has debido venir. Ha sido una pérdida de tiempo. No vamos a solucionar nada que no hubiésemos solucionado por teléfono.

—¿No vas a invitarme a pasar? He hecho un viaje largo y estoy cansada.

La distancia que interponía a grandes zancadas imposibilitó que escuchase el resto de la conversación, pero cuando estaba cerca del perímetro de Port Road la curiosidad la venció y echó un vistazo por encima del hombro.

Él la había invitado a entrar.

El desengaño era una emoción asquerosa, que la acompañó durante el resto de la noche. Se planteó muchas más preguntas. ¿Qué sería exactamente lo que le había cambiado? ¿La fama le había vuelto frívolo? ¿El accidente de avión? ¿La ruptura con Deirdre le había dejado secuelas emocionales por el momento en que se produjo? Una parte de sí misma deseaba conocer las respuestas, pero la otra parte tenía miedo. Si se acercaba demasiado a él podría terminar perjudicada. Con el corazón en carne viva.

Suspiró contra la almohada.

Lo más juicioso era mantenerse alejada de él todo lo que pudiera. En teoría sonaba fácil pero en la práctica no iba a serlo. El destino había querido que durante los dos próximos meses compartiesen el mismo espacio, así que iba a ser muy complicado encontrarle todos los días y vencer la tentación de relacionarse con él para algo más que para charlar sobre comidas.

Capítulo 5

Killarney. Cuatro años atrás
Día uno

Entró en el restaurante acompañado de su grupo de amigos y lo primero que pensé de él fue que tenía unos ojos increíbles y que no era tal y como aparecía en la pantalla del televisor. Era todavía mejor. Más alto, más guapo, más atlético. Mucho más imponente y masculino. Le había visto en esa serie de la televisión por cable que habían cancelado a las dos temporadas de emitirse por falta de audiencia. Según tenía entendido también había participado en dos películas como actor secundario, aunque yo no las había visto. No sé por qué razón me comenzaron a sudar las palmas de las manos cuando él se desligó del grupo y me miró a la cara con sus profundos ojos negros y con una media sonrisa que me dejó sin respiración.

Tenían una mesa reservada para cinco personas junto al ventanal con vistas al jardín exterior. Les pedí amablemente que me siguieran y les conduje hasta allí. Les tendí varias cartas del menú para que les echaran un vistazo, aunque mientras estuve presente, Kevin Ridge solo me miró a mí.

—¿Qué vais a tomar para beber?
—¿Qué nos recomiendas? —me preguntó él.
—Puedo traeros la carta de vinos.
—Con tu recomendación bastará.

De repente, me sentí conectada a su mirada como si me uniera a ella un cable invisible. Tragué saliva y me aclaré la garganta. No me pasó por alto que sus amigos reaccionaron con curiosa ironía ante el interés que yo había suscitado en él.

¿Interés?

¿En serio se me había ocurrido pensar que le había llamado la atención?

Qué tontería, solo estaba siendo amable.

—Os traeré una botella de Lusca Cabernet. A mi parecer es el mejor vino irlandés.
—Estoy completamente de acuerdo. De saber que lo tenías te lo habría pedido directamente.

Mis labios trazaron una curva de timidez.

Me dirigí al expositor de vinos y capturé una botella de Lusca. Él no era excesivamente famoso, para muchos pasaba desapercibido al margen de lo atractivo que era, pero si no hubiese estado trabajando le habría pedido un autógrafo e incluso me habría hecho una fotografía con él. Seguro que le habría hecho ilusión. Y a mí también.

Regresé a la mesa y descorché la botella. Luego serví una pequeña cantidad en la copa de Kevin y él se la llevó a los labios para degustar el vino.

—Delicioso —dijo, con intensidad en la voz.

Llené el resto de las copas.

—¿Habéis decidido lo que tomaréis?

—Creo que ellos ya lo han hecho, yo prefiero tu recomendación.

Estaba acostumbrada a que los clientes delegaran en mí la responsabilidad de aconsejarles y yo lo hacía encantada. Era parte de mi trabajo y sabía de sobra que se chuparían los dedos con las especialidades de la casa.

Tomé nota a sus cuatro acompañantes, que hicieron bromas por lo bajo que no entendí, pero me apostaba el cuello a que tenían que ver conmigo y con él. Cuanto más tiempo pasaba cerca de la mesa, más evidente me parecía que estaba coqueteando conmigo.

—De primer plato te recomiendo las vieiras con salsa de *teriyaki* y naranja, y de segundo el guiso de cordero con verduras.

—De acuerdo, lo tomaré.

Recogí las cartas y entré en la cocina con una media sonrisa delatadora.

—¿Qué tal, cariño? —me preguntó Bridget—. ¿Has recibido ya al actor? ¿Es tan guapo como en la tele?

Mi madre también había visto algunos capítulos de la serie de televisión hasta que la cancelaron.

—Sí, mamá. Lo es. —Le tendí la nota y la miré a los ojos, idénticos a los míos pero con un destello de felicidad sempiterno que yo no poseía. —Esmeraos en los platos, me ha pedido recomendación y no quiero defraudarle. No tenemos todos los días a un actor en el restaurante.

—Nosotros siempre nos esmeramos en los platos, cielo.

—Lo sé, mamá. —Le di un beso cariñoso en la mejilla, que sentí caliente bajo el tacto de los labios—. ¿Qué está haciendo papá?

Estaba frente a los fogones, moviendo algo en la sartén.

—Está preparando un *cottage pie*.

—Pues que se ponga con lo mío cuanto antes. No quiero hacerles esperar demasiado.

—A ver cariño, que tampoco se trata de Brad Pitt.

Me habría gustado decirle que Brad Pitt no me habría hecho el menor caso, pero que Kevin Ridge, sí.

Regresé a mi puesto de trabajo tras la pequeña mesa de recepción junto a la puerta.

Él estaba a mi espalda y más de una vez luché contra la tentación de mirar por encima de mi hombro para comprobar si todavía me observaba. Recibí a los siguientes clientes, les guie hacia su mesa y dirigí a Kevin una mirada furtiva. Reía con sus amigos. No podía escucharle apenas, pero sabía que tenía una risa muy sexy y masculina.

Mi madre asomó la cabeza por la puerta de la cocina para llamar mi atención.

Yo no solía realizar funciones de camarera desde hacía un tiempo, pero continuaba ocupándome de atender a clientes importantes. Mis padres insistían en que yo tenía mejores habilidades sociales que las de cualquiera que trabajase en el restaurante para tratar con gente de un nivel económico superior.

Así que comencé a servir los primeros platos.

El grupo dio buena cuenta de ellos y proseguí con los segundos. Quedé tranquila cuando todos elogiaron la comida, así que me tomé la libertad de sugerirles la tarta de manzana para el postre. Sabía que se chuparían los dedos. Nadie la preparaba como Colin Brennan.

Un buen rato después, devolví la tarjeta de crédito a Ridge y mantuve unas palabras de cortesía con el grupo.

—Espero que todo haya sido de vuestro agrado.

—La comida ha sido deliciosa y el trato… El trato ha sido exquisito.

Temí ponerme colorada como un tomate.

—No sé cuánto tiempo vais a quedaros en Killarney —comenté, al tiempo que les acompañaba hasta la puerta—, pero os animo a que regre-

séis y probéis el resto de nuestros platos. Será un placer volver a contar con vuestra presencia.
—Cuatro días.
—¿Cómo?
—Es el tiempo que nos quedaremos aquí.
—Oh, claro. —Sonreí como una tonta.
—Regresaremos.
Pronunció esa palabra como si pretendiera que se me quedara grabada en el cerebro para siempre. Las palmas de las manos se me cubrieron de sudor como respuesta.
Salieron a la soleada calle y un par de chicas saltaron de sus asientos para perseguirle al exterior mientras yo me quedaba mirando la puerta con la respiración contenida. Me dirigí a los aseos para escudriñarme en el espejo. Mis peores temores se habían cumplido, me había ruborizado como una cría.
—Vamos, ¡que tienes veinticuatro años! —le exclamé al espejo—. No puedes dejarte impresionar por una mirada penetrante y una sonrisa sexy.
Bueno, tampoco tenía que ser tan dura conmigo misma. Hacía más de un año de mi última relación con un chico y en el pueblo la mayoría de los que valían la pena ya estaban pillados. Estaba desentrenada, no impresionada.
Me choqué de bruces con él al salir al pequeño recibidor que separaba los aseos del restaurante. Del susto que me llevé alcé los antebrazos a modo de defensa y quedaron aplastados contra un torso atlético. Noté sus manos colocadas bajo

mis codos y sentí un relampagueo de electricidad por toda la piel.

—Lo... lo siento, he salido deprisa y sin mirar.

—Disculpas no aceptadas —me dijo—. Me ha encantado chocarme contigo.

Y a mí, pero solo se lo pude decir con los ojos.

Recuperé mi espacio vital, aunque solo por una cuestión de formalidad y decoro. Me arreglé el uniforme porque no sabía qué demonios hacer con las manos.

—¿A qué hora sales de trabajar?

—¿Qué?

Mi perplejidad le hizo gracia.

—Tu jornada laboral, ¿a qué hora termina?

—Pues... suele terminar a las cinco de la tarde.

—Mañana, a las cinco y media te esperaré donde tú me digas.

Me quedé muda. Intenté hablar en dos ocasiones, pero mis labios se fruncían y de ellos no escapaba ni un solo sonido. A la tercera lo conseguí.

—¿Me estás... pidiendo una cita?

—¿Tienes pareja? ¿Estás con alguien?

—No, no estoy con nadie —negué.

—¿Entonces por qué te extraña?

Cambió el ángulo de su mirada y se volvió más absorbente y hechizante.

Un cliente entró en el recibidor y se coló en el aseo de caballeros. La interrupción me regaló unos valiosos segundos, que me sirvieron para asimilar lo que estaba sucediendo. Los nervios me hicieron reír. Me solía pasar con frecuencia. Él no se lo tomó a mal, su seguridad debía de ser sólida como una roca.

—¿Conoces la catedral de Santa María?

—¿La catedral? ¿No hay pubs en este pueblo?

Los había y algunos eran muy célebres, pero no quería ir con él a ningún sitio donde pudiera vernos la mitad del pueblo. No quería ser la comidilla de Killarney.

—La catedral es mucho más bonita que cualquier pub —argumenté—. Si solo vas a estar cuatro días por aquí, te gustará visitar alguno de los lugares más emblemáticos.

—Vale, me has convencido. —Me apretó suavemente el hombro y luego hizo ademán de entrar en el aseo de caballeros, pero se giró y devolvió su atención a mí. Yo todavía no había podido mover ni un pie—. ¿Cómo te llamas? No nos hemos presentado formalmente

—Me llamo Erie.

—Encantando, Erie. Yo soy Kevin.

Se inclinó y me plantó un beso en la mejilla que terminó por aturdirme del todo. Luego desapareció y yo me quedé allí plantada, sintiéndome especial de nuevo. ¡Un tío que estaba buenísimo acababa de pedirme una cita! Tendría que haber sido más valiente y citarle en Mustang Sally's para presumir de acompañante delante de todas mis conocidas, esas que habían requisado a los mejores chicos del pueblo y me aconsejaban que le echara el lazo a algún tío de Cork si no quería quedarme soltera para toda la vida.

Como si una mujer necesitara a un hombre a su lado para sentirse realizada.

Antes de que él volviera a encontrarme allí salí disparada y entré en la cocina. Tanto mis padres como los demás empleados que circulaban de un lado a otro me miraron con extrañeza.

—¿Qué pasa, cariño? Parece que te hayas caído de cabeza en ese cuenco de salsa de tomate. ¡Estás colorada! —comentó Bridget.

—Hace… hace un poco de calor ahí fuera.

—¿Calor? Pues he escuchado que una clienta se quejaba de que el aire acondicionado estaba demasiado fuerte. ¿Seguro que estás bien? —Bridget se acercó y me tocó la frente. Yo moví la cabeza, rechazando su preocupación—. Estás ardiendo…

—Estoy bien, mamá. —Me dirigí al surtido de frutas de temporada y tomé una fresa. Estaba fresca, me iría bien—. Mañana tendré que salir un poco antes. He recordado que a las cinco en punto se pasará por casa el… el fontanero para revisar el desagüe de la bañera.

Había quedado a las cinco y media, pero si quería pasar por casa y luego volver a bajar hasta la catedral, iría con el tiempo demasiado justo.

—Te dije que compraras ese producto que anuncian en la tele. Es infalible con las tuberías.

—Ya lo probé pero no funcionó.

Colin Brennan terminó de flambear un postre y se acercó.

—Si me lo hubieses dicho antes, habría ido a echarle un vistazo y te habrías ahorrado el dinero.

A mi madre se le escapó una carcajada.

—¿De qué te ríes?

Me mordí la mejilla para no seguir los pasos de mi madre. Mi padre se pensaba que era una especie de manitas con las pequeñas averías del hogar, pero la mayoría de las veces que se empeñaba en acometer cualquier tarea doméstica no hacía más que empeorar el problema. Finalmente, no les quedaba más remedio que llamar a un profesional.

Como la cocina ya había cerrado no había más clientes a los que recibir, así que ayudé con los postres. Mi buen humor debía ser muy evidente, porque Bridget no me quitaba el ojo de encima. Estaba con la mosca detrás de la oreja. Sin embargo, no les conté nada de lo que acababa de sucederme. Mi madre habría quedado tan impresionada que habría reaccionado como si Kevin Ridge me hubiese pedido poco menos que matrimonio.

A las cinco me marché a casa. Esa tarde tenía curso de cocina en Cork, iba tres veces por semana, aunque tenía la cabeza en otro sitio y el *seafood chowder* me salió hecho un asco. Desde luego, y por mucho que se empeñasen mis padres, yo no había nacido con el don de la cocina.

Capítulo 6

Día dos

Decidí que iría caminando hasta la catedral. Había un trecho de unos veinte minutos, pero me iría bien dar un paseo para relajarme, ya que los nervios seguían acompañándome. Había tardado una eternidad en decidir qué ponerme y, al final, había optado por lo más cómodo que había en mi armario. Vaqueros y una blusa blanca.

Hacía un bonito día de verano y el paseo por las afueras de Killarney me sentó de maravilla. El sol de la tarde me daba en la cara y me llenó de energía. Cuando le vi en la lejanía apostado frente a la magnánima entrada a la catedral, afronté mi cita con mucho más entusiasmo. Además, él sostenía un ramo de flores silvestres en la mano. Detecté que eran lirios blancos, mis favoritos.

Me pareció todavía más guapo rodeado de los

envolventes colores del campo y él me observó como si estuviera ante la chica más fascinante del planeta.

—Estás arrebatadora, Erie.

Me entregó el ramo de lirios, le di las gracias e inspiré la suave y dulce fragancia.

—Tenías razón. Visitar la catedral es más interesante que acudir a cualquier pub. Anoche estuve en Mustang Sally's, a mis colegas les gusta más la vida nocturna que conocer el patrimonio histórico de Killarney.

Miré su perfil, que se alzaba impresionado hacia la torre de estilo neogótico.

—La vida nocturna de Killarney destaca mucho entre los turistas. ¿Nunca antes habías venido aquí?

—No, es la primera vez. Hasta que me mudé a Estados Unidos no viajé mucho. Soy de Dublín y apenas conozco mi tierra, ¿te lo puedes creer?

—¿Y qué fue lo que te atrajo la atención de Killarney para convertirlo en tu destino de vacaciones?

—En realidad, no fui yo. —Dejó de mirar la catedral para mirarme a mí—. Uno de mis amigos es de aquí. Se mudó a Dublín con su familia cuando era un crío y no había regresado desde entonces. Nos convenció para que le acompañásemos. Nos alojamos en su casa familiar, sus padres nunca llegaron a venderla.

—¿Así que vives en Estados Unidos?

—En Los Ángeles. ¿Has estado allí?

—Oh, ¡qué va! Yo sí que apenas he viajado. He ido un par de veces a Dublín, y eso es todo.
—¿No te gusta viajar?
—Sí, pero... hay mucho trabajo en el restaurante. —Me encogí de hombros, nunca me había planteado salir de Irlanda—. ¿Quieres que demos un paseo por el río? Está aquí mismo. —Señalé hacia el oeste, hacia el parque nacional.
—¿Hay un río por aquí?
—Y un lago enorme, bosques, montañas, manadas de ciervos rojos, un castillo impresionante... ¿sabías que el parque nacional de Killarney fue designado reserva mundial de la biosfera por la Unesco?
—Soy profano en la materia —se disculpó.
—Te sugiero que convenzas a tus amigos para hacer una de las rutas del parque. En Muckross House se encuentra el punto de información. Os gustará.
—Intentaré persuadirles, aunque no va a ser una tarea fácil. —Se notaba que a él sí le apetecía la idea—. En cualquier caso, siempre podrías ser mi guía.
Me mordí los labios.
—Yo... trabajo hasta las cinco en el restaurante y la mayoría de las tardes tengo que viajar a Cork para el curso de cocina. Pero hay unos guías formidables que conocen cada centímetro del parque.
—No lo disfrutaría tanto como si me acompañaras tú.

La calidez de su voz hizo que perdiera el hilo de mis pensamientos.

Seguíamos allí plantados, contemplándonos como si el tiempo se hubiera detenido de golpe. Sentí un arrebato de timidez y volví a oler las flores. Le insté a que nos pusiéramos en movimiento y echamos a andar hacia el perímetro del parque.

—¿Qué tal por Los Ángeles? ¿Desde cuándo vives allí?

—Desde hace un par años. Si quieres labrarte un futuro como actor es obligatorio buscar un apartamento en esa ciudad para poder presentarte a todos los *castings*. Pero como lugar para vivir es un asco. Demasiado grande, demasiado ruido, demasiada gente, demasiadas fiestas... es demasiado en todos los sentidos.

—Te conozco de haberte visto en esa serie de televisión.

—¿Ah sí? —Asentí—. ¿Y qué te pareció?

—Pues... No entiendo que la cancelaran, no era tan mala.

Kevin se echó a reír y yo alcé las cejas.

—Era peor que eso, pero no me quedó más remedio que hacerla si pretendía continuar residiendo allí.

—¿Y ahora estás trabajando en alguna serie de televisión o en alguna película?

—Empiezo a rodar una película en Nuevo México dentro de un mes. Va a ser un proyecto más importante, pero ¿sabes una cosa?

—¿Qué?

—Que no he quedado contigo ni tú me has citado en este lugar tan increíble para que te hable de mi trabajo.

—¿Por qué no? A mí me parece fascinante.

—Porque tengo la sensación de que hay un montón de cosas en común entre nosotros, y me apetece muchísimo pasar la tarde conociéndolas. ¿A ti no?

Sus ojos se entornaron para mirarme mientras cruzábamos Port Road y nos adentrábamos en el parque. Yo esbocé una leve sonrisa.

—A mí también —le confesé.

Y es que me rondaba esa misma sensación casi desde que había intercambiado las primeras palabras con él. Y se hacía más intensa conforme avanzaban los segundos. Me sentía como si le conociera de mucho tiempo atrás. Era difícil de explicar.

El camino que tomamos discurría paralelo al riachuelo Deenagh. Los rayos del sol atravesaban las hojas de los árboles y proyectaban a lo largo del sendero un fascinante juego de luces y sombras. Era como penetrar en un mundo mágico.

—Así que estás realizando un curso de cocina.

—En Cork. Soy hija única y mis padres piensan que debo seguir sus pasos para el futuro del restaurante.

—¿Y qué piensas tú?

—¿Yo? Bueno, la cocina no está tan mal.

—No es lo tuyo, ¿verdad?

¿Tan apagada había sonado mi respuesta que había llegado tan rápidamente a esa conclusión?

Bueno, ¿y qué importaba que me abriera a él? Total, en unos pocos días desaparecería y no volvería a verle nunca más.

—Reconozco que es un buen plan que me asegura el futuro, pero siendo sincera... no disfruto mucho cocinando. Ayer preparé un plato de *seafood chowder* y un poco más y enveneno a mi profesor. —Me eché a reír al recordar la cara de asco que puso cuando lo probó—. Los mejillones estaban duros, las patatas demasiado blandas, la sopa estaba salada... Mis compañeros de clase van por delante de mí, sus platos siempre están más ricos que los míos. Tengo que empeñarme más o llevaré el restaurante a la ruina más absoluta.

—Bueno, llegado el momento de hacerte cargo de él, siempre puedes contratar a cocineros profesionales y tú ocuparte de la dirección.

—A mis padres les daría un gran disgusto. No quiero defraudarles, son los mejores padres del mundo.

Él se quedó pensativo. No hizo falta que me dijera que no estaba de acuerdo con mi manera de ver la vida, ya que se lo leí en el semblante.

Una pareja de ciclistas nos adelantó. Les seguía un perro negro de gran tamaño que saltó al riachuelo para darse un refrescante chapuzón tardío. Al salir se sacudió y tuvimos que retroceder entre risas para que no nos pusiera perdidos de agua.

—¿Los tuyos apoyaron tu decisión de ser actor? —quise saber.

—No. Les pareció un disparate e intentaron

por todos los medios que cambiase de opinión. Yo les dije que no había otra cosa que quisiera hacer y terminé preparando la maleta.

—¿Y ahora qué piensan?

—Les sigue pareciendo un disparate. —Sonrió—. Pero han terminado por aceptarlo. ¡No les ha quedado otro remedio que apoyarme!

—La gente como tú me produce mucha admiración —le confesé.

—¿La gente como yo?

—Personas intrépidas, que asumen riesgos en la vida, que nada les detiene en la lucha por conseguir sus sueños…

—¿Tú tienes sueños?

Su pregunta abrió en mí un viejo debate interno para el que todavía no había encontrado una respuesta.

—Creo que soy una persona conformista.

—Esa no ha sido mi pregunta.

Me observaba fijamente mientras continuábamos el paseo, pero entrar en terrenos tan íntimos impedía que yo le sostuviese la mirada.

—Son solo sueños. —Me encogí de hombros—. No les doy otro valor.

—Cuéntamelos.

—No, ¡ni de broma! Te reirías de mí.

—¿Por qué iba a hacerlo?

—Porque es algo… que me parece del todo inalcanzable. Una fantasía.

—Pues insisto en que quiero conocer tus fantasías.

Su interés, su cercanía, su irresistible atractivo físico, esa conexión que sentía con él que parecía existir desde tiempos inmemorables, como si nos hubiésemos conocido en otras vidas, me estaba despertando emociones tan cálidas como los rayos de sol que teñían de miel y magia nuestro camino.

—Vale, te lo contaré. —Me aclaré la garganta. A la mínima sospecha de que le hacía gracia, le daría un empujón para arrojarlo al riachuelo. Aunque con lo alto y fuerte que era, ya tendría que echarle ganas—. Desde que era pequeña siempre imaginé que volaba en globos aerostáticos.

Su interés fue tan fuerte que intensificó la mirada, mucho más oscura conforme la luz se iba desvaneciendo. Eso me animó a proseguir.

—Siempre he… fantaseado con hacer de ello mi profesión.

—¿Hablas de pilotarlos?

—Sí. Tengo el privilegio de residir en un lugar precioso. ¿Imaginas el cielo del parque nacional surcado de globos? —Miré a lo alto, aunque las copas de los árboles eran tan espesas que en esa área apenas se vislumbraba un pedazo de cielo—. Los turistas harían cola para subirse a la barquilla y yo les llevaría a cada maravilloso rincón del parque. Desde el castillo de Ross a la cascada de Torc, pasando por la península de Muckross hasta la zona de Dinis Cottage. —Me metí tanto en mi fantasía que me invadió el entusiasmo. Frené al darme cuenta y regresé a un tono más tranquilo—. Cuando era pequeña mis padres me llevaron a la feria de Cork y montamos en uno. Fue la experiencia más fascinante de toda mi vida. Ahora voy cada dos o tres semanas a las afueras de Cork, allí hay una compañía que realiza excursiones todos los días.

—Te dije que teníamos cosas en común, Erie, aunque no esperaba que te apasionara tanto volar. —Su expresión confirmaba que mi revelación le había impresionado. —Hace algo más de un año conseguí el título de piloto privado.

A mí se me abrieron los ojos como platos.

—¿En serio?

—Cuando era pequeño tenía mi cuarto lleno de maquetas de aviones colgando del techo con los hilos de coser de mi madre. —Rio—. Voy una vez por semana a un aeroclub que hay cerca de casa y alquilo una avioneta. Durante una hora sobrevuelo los montes de San Bernardino y eso me hace sentir la persona más feliz del mundo.

—Oh, ¡madre mía! —Me llevé una mano a los labios. Si él estaba impresionado por coincidir en una afición que a los dos nos entusiasmaba, ¡yo estaba pletórica!—. Cuéntame más cosas —le insté.

Durante un buen rato, estuvimos charlando sobre nuestras aficiones. No eran idénticas, él me hablaba de avionetas y yo le contaba todo lo que sabía sobre globos aerostáticos —que era bastante—, pero el fin último era el mismo: volar. A los dos nos entusiasmaba volar. Compartíamos la pasión de sentirnos libres como pájaros. La única diferencia entre ambos era que él pilotaba su propio avión y yo solo era una turista más que se subía a la barquilla de un globo cada dos o tres semanas. Hablar con él de aquello me despertó ese impulso alocado de hacer lo posible por ver mi sueño cumplido. Lo malo era que luego volvía a mí día a día y el conformismo —y quizás también la cobardía— aniquilaba ese impulso tan bonito.

Cuando la luz menguó tanto que las sombras oscurecieron el sendero, decidimos dar media vuelta y regresar al pueblo.

La conversación entre nosotros nunca languidecía. Cuando ya creíamos que nos habíamos contado todo sobre el arte de volar, salía otro tema en el que nos enfrascábamos con ilusión, como si fuera la primera vez que lo tratábamos. Conversamos sobre cine, sobre música y sobre literatura, y nos sorprendió que tuviéramos gustos tan comunes.

Fue una tarde maravillosa. Cuando llegamos a Port Road y la catedral de Santa María apareció recortada contra el azul oscuro del cielo del este, yo no quería que acabase. ¡En mi vida había sentido tanta química con alguien! No quería separarme de él, me apetecía muchísimo continuar charlando sobre cualquier cosa. No hacía falta que me dijera que él sentía lo mismo, porque nuestro lenguaje no verbal hablaba incluso más que el otro.

Frente a la catedral, nuestro punto de encuentro y el sitio en que yo quería despedirme para evitar que nos vieran mis conocidos, nos detuvimos y él se internó en un tema que no habíamos tratado.

—Y ahora respóndeme a una curiosidad que tengo desde que charlamos en el recibidor de los baños.

—Adelante —le insté.

—¿Por qué estás sola? Te puede parecer la pregunta más tonta del mundo pero una chica como tú… preciosa, inteligente, simpática. Si yo viviera en Killarney no pararía de insistirte hasta que salieras conmigo.

Había perdido la timidez durante la tarde, a medida que hablábamos de temas comunes, pero adentrarnos en terrenos de relaciones amorosas hizo que la vergüenza regresara. Noté que se me acaloraban las mejillas.

Me habría gustado decirle que si él viviera en Killarney no tendría que haber insistido porque habría aceptado salir con él a la primera insinuación. Pero no había hombres como Kevin en el pueblo.

Sin ánimo de resultar prepotente, le dije la verdad.

—No he encontrado a nadie que me despierte el suficiente interés como para apostar por una relación a largo plazo. Pero estoy bien así, no tengo prisa. —Sonreí.

Sus ojos negros se volvieron tan enigmáticos

como la noche cerrada. Me dejaba sin aliento cuando me observaba de ese modo. Quería leer su mente, pero me ruborizaba en el intento.

—Queda mañana conmigo.

—¿Mañana? —Sentí cosquillas en el estómago y me mordí la comisura del labio—. Mañana no... no puedo. Tengo curso de cocina por la tarde y no llegaré a Killarney hasta las ocho y media.

—¿No puedes saltártelo?

No había nada que me apeteciera más, sobre todo si la alternativa era estar con él, pero yo era muy responsable y saltarme una clase me provocaría sentimientos de culpa.

—No debo hacerlo. Voy tan retrasada que no puedo permitirme ese lujo —respondí con desaliento.

Él no insistió más, respetaba que fuera tan disciplinada.

—Iré a tomar algo por la noche a Mustang Sally's. Me gustaría verte por allí.

¡Qué tentador me pareció! Quería evitar estar en boca de mis conocidas, ya que algunas eran unas cotillas de mucho cuidado, pero tampoco levantaría demasiada polvareda si me limitaba a charlar con un turista en un bar. Otra cosa era que nos vieran paseando por el parque o por el pueblo a los dos solos. ¿No?

—Intentaré acercarme.

Kevin frunció el ceño.

—Iré —rectifiqué.

—Así me gusta. Ahora, te acompañaré a casa.
—No hace falta, no vivo lejos.
—Como si vives a la vuelta de la esquina. Te acompañaré igualmente.

Echó a andar, pero yo lo retuve, asiéndole la muñeca. Era la primera vez que le tocaba desde que coloqué mis antebrazos contra su pecho en el recibidor de los baños. El contacto de su piel, de su carne, me fascinaba.

—Es que prefiero evitar que las chismosas del pueblo se enteren de que un turista me ha acompañado a casa. No sabes cómo son, tendría que dar tantas explicaciones que me saldrían callos en la lengua. Solo vas a estar cuatro días aquí, así que... no vale la pena.

Si lo entendió como si no, lo respetó. Aun así, me acompañó hasta el lugar donde comenzaba el alumbrado público del pueblo.

Capítulo 7

Día tres

Ninguna mujer me había causado tanta expectación como Erie Brennan. Me hallaba frente a la puerta de su casa, una bonita vivienda de una sola planta situada al norte del pueblo, en una calle residencial. Ella había dicho que llegaría a casa sobre las ocho y media, aunque yo me había anticipado y llevaba un rato haciendo guardia. Era la única manera que tenía de contactar con ella a esas horas del día.

Lo habíamos pasado muy bien la tarde anterior, y eso que no hicimos nada especial salvo dar un paseo y charlar. Bueno, en realidad, eso ya era especial si lo hacías con la persona adecuada, y Erie había resultado ser esa persona.

Estaba deseando volver a verla. En una sola tarde había despertado en mí lo que otras mujeres no habían despertado en varias citas, pero me había sabido a poco. Necesitaba más de ella. Necesitaba comprobar si volvía a surgir la chispa. Me sentía como si me hubiesen dado a probar una ridícula porción de la tarta más deliciosa del mundo y tuviera que esperar un día entero para probarla de nuevo.

Y era tan hermosa...

Podría quedarme mirándola durante horas sin necesidad de despegar los labios. Sus ojos eran cautivadores, cristalinos, azules como el cielo, y sus rasgos eran pura armonía. Cuanto más recordaba ese rostro encantador y esa personalidad tan arrebatadora más me impacientaba porque apareciera. Esperaba que llegase directa a casa desde Cork porque, de lo contrario, el plan que había ideado quedaría arruinado.

Era una chica de palabra. Justo a las ocho y media de la tarde un Nissan plateado entró en Sunnyhill. Los faros me iluminaron desde lejos y cuando llegó a mi altura pude ver la grata sorpresa que se reflejó en su rostro. Se detuvo frente al garaje de su vivienda pero no se entretuvo en meter el coche, sino que se apeó en cuanto lo apartó de la vía pública. La recorrí con la mirada mientras cruzaba el jardín en mi dirección. Los vaqueros que vestía esa tarde eran más estrechos que los del día anterior, y llevaba puesto un top de tirantes de color azul. Las ropas más ajustadas delineaban una silueta delgada y muy bien proporcionada. A mí parecer, tenía el cuerpo ideal.

Erie cruzó la calzada, la agradable sorpresa

se hizo más evidente conforme se acercaba a mí, que la esperaba apoyado en el Hyundai que habíamos alquilado mis amigos y yo en el aeropuerto de Dublín. Ellos no lo iban a necesitar esa noche, habían ido a Mustang Sally's.

Nos sonreímos mientras nos mirábamos y continuamos haciéndolo después de que ella se detuviese.

—¿Qué estás haciendo aquí? —me preguntó.

—Esperarte, ¿qué si no? Tienes un poco de harina justo ahí… —Le retiré de la mejilla los rastros de harina. A los dos nos encantó el contacto—. ¿Con qué plato has deleitado hoy el paladar del profesor?

—He cocinado varios, pero el que mejor me ha salido ha sido el *colcannon,* aunque no tiene ningún mérito porque es el plato más sencillo de preparar. Hasta un niño sabría hacerlo —bromeó—. Creo que voy a convencer a mis padres para que me dejen prepararlo en el restaurante. Me da la sensación de que se convertirá en mi especialidad.

—Vamos, no seas tan dura contigo misma —la reprendí—. ¿Has cenado? ¿Te has comido el *colcannon*?

—No. Nuestros platos se los llevan a un comedor social.

—Perfecto, porque tengo preparada una sorpresa y quiero que me acompañes.

—¿No íbamos a vernos en Mustang Sally's?

—He cambiado de planes.

—¿Y dónde quieres que te acompañe?
—Si te lo dijera dejaría de ser una sorpresa. ¿Confías en mí?

Pensaba que me diría que solo me conocía de dos días y que no tenía por qué hacerlo, pero, en lugar de eso, se quedó mirando el Hyundai, volvió a mirarme a los ojos y empezó a asentir con la cabeza.

—De acuerdo.

Recogió la chaqueta y el bolso, montamos en el coche y nos pusimos en movimiento. Como no podía dar la vuelta por donde había venido, tuve que meterme por un entresijo de calles hasta encontrar la nacional 22. Menos mal que tenía buena orientación.

Durante el camino, Erie se interesó por mi segundo día de vacaciones en Killarney. Le conté que por la mañana había estado jugando al tenis y que por la tarde habíamos ido en coche hasta Tralee, un pequeño pueblo que se encontraba a cuarenta minutos de camino, para saludar a unos conocidos. Erie fue escueta al contarme qué tal le había ido el día en el restaurante, ya que según ella: «Allí nunca pasa nada interesante».

Pronto hizo conjeturas del lugar hacia el que íbamos.

—Nos dirigimos a Moll's Gap, ¿verdad?
—No pienso decírtelo.

Por el rabillo del ojo aprecié que sonreía. Había olvidado que Killarney era un pueblo pequeño y que ella se lo conocía como la palma de su mano. De todos modos, sí que la había sorprendido. Y gratamente.

Moll's Gap era una brecha entre la cordillera montañosa de Macgillycuddy's Reeks y los lagos de Killarney. No tenía la intención de adentrarme en el terreno porque carecía de sentido visitar esa zona por la noche, pero en mi viaje por la tarde a Tralee había visto que la entrada hacia el paso montañoso era una pequeña llanura con vistas panorámicas que me pareció ideal para mis propósitos. De día había turistas por la zona, pero por la noche estaba despejada y silenciosa.

Frené al llegar a lo alto y detuve el coche. Los potentes faros no alcanzaron a iluminar lo hermoso que era el lugar que se extendía ante nosotros.

—Has adivinado que veníamos aquí, pero me apuesto lo que quieras a que no sabes lo que llevo en el maletero.

Salí del coche sin darle tiempo a que contestara, no fuera a ser que también acertara, y abrí la portezuela. Ella se colocó a mi lado y abrió los ojos desmesuradamente al ver la cesta de picnic.

—Vaya... —susurró fascinada—. Iba a decir que habías traído un par de pizzas, pero esto... —levantó una de las tapas superiores y vio los *bagels* envueltos en servilletas de papel que había preparado hacía un rato. Se notaba que eran caseros— esto sí que no me lo esperaba.

—Es lo único que sé hacer sin correr el riesgo

de intoxicarme. Espero que te guste la cerveza, he traído un par de Guinness.

—No conozco a ningún irlandés al que no le guste la Guinness. ¿En qué te ayudo?

Señalé la manta de cuadros escoceses que había al lado. Yo cargué con la cesta y ella con la manta, y escogimos un lugar sembrado de hierba junto a los faros del coche, que dejé encendidos para iluminarnos.

La noche de verano era fresca, y Erie se colocó la chaqueta mientras yo sacaba los *bagels* y las servilletas de papel de la vieja cesta que había encontrado en la cocina de la casa de mi amigo. Se sentó a mi lado, la brisa me trajo su olor a perfume. Se presentaba una velada estupenda.

—¿De qué son?

—Parmesano, jamón de pavo, tomate, lechuga… y unos brotes de alfalfa.

—Mis preferidos.

—También los míos.

Mientras comíamos estuvimos charlando sobre otra afición que casualmente descubrimos que teníamos en común, la fotografía. Yo incluso había acondicionado una de las habitaciones de mi apartamento para convertirla en un cuarto oscuro en el que revelar mi propio trabajo. A ella le gustaba retratar la naturaleza. Me dijo que tenía álbumes y más álbumes dedicados a ella. También hablamos de nosotros. Familia, amigos, antiguas relaciones… El día anterior ella no se había sentido cómoda al tocar este último tema cuando le pregunté por qué estaba sola, pero esa noche se adentró en él con total naturalidad.

—Tuve un novio, el único que he tenido. Nos conocíamos desde siempre aunque no empezamos a salir hasta hace unos años. Llevábamos cuatro saliendo cuando me confesó que se había enamorado de otra mujer y que se marchaba de Killarney para empezar una nueva vida con ella en Dublín. —Intenté descubrir si todavía quedaban rastros de dolor en ella, pero hablaba con la voz muy firme y vacía de emociones—. Es la típica historia. Mi vida sentimental siempre ha sido muy aburrida.

—¿Cuánto tiempo hace?

—Un año y medio. —Me quedé mirándola fijamente mientras se limpiaba la comisura de los labios con una servilleta—. Lo más curioso de todo es que no me costó reponerme. En el fondo fue como si... —frunció el ceño—, como si me hubiese liberado. Desde que éramos adolescentes nuestros padres ya decían que terminaríamos casados y con hijos. Siempre he tenido la sensación de que mi futuro laboral y amoroso ya estaba planificado, y no por mí precisamente. —De repente, se puso violenta y sonrió con timidez—. Estoy hablando demasiado, no quiero aburrirte. Seguro que tu vida en Los Ángeles está llena de emociones.

—Tú no me aburres. —Mis palabras sonaron tan contundentes que Erie no pudo ni pestañear—. No creas que en Los Ángeles es todo tan bonito como lo pintan. Es muy duro labrarse un camino allí. Si no fuera un tío tan optimista y tan cabezota, ya habría hecho la maleta y habría regresado a Dublín —le confesé—. Y en cuanto a las relaciones sentimentales… —Sonreí entre dientes y bebí un trago de mi lata de cerveza antes de proseguir—. Si te sirve de consuelo, yo tampoco he pasado por ningún duelo amoroso. Ninguna mujer me ha roto el corazón jamás. Todas a las que he conocido han pasado por mi vida y han salido sin dejar rastro.

—¿Crees en el amor?

—Sí. —Soné igual de categórico que antes, y a ella le gustó—. Supongo que todavía no ha aparecido mi persona especial.

De repente, me invadió una sensación intensa que me contrajo el estómago. ¿Y si ella…? Pasó con rapidez, pero me dejó un poso de confusión. Volví a observarla. Me sentía fuertemente atraído por ella. Era obvio que me encantaba su físico. Erie era una preciosidad y cualquier hombre se sentiría atraído por ella, pero su personalidad me suscitaba un interés abrumador. Apenas la conocía y, sin embargo, sentía como si estuviésemos conectados por hilos mágicos. Nunca me había pasado algo así.

—Sí, imagino que nuestra persona especial andará por ahí —agregó ella, con tono esperanzador.

Hicimos un brindis con las latas de Guinness y nos sumergimos en una pausa silenciosa pero nada incómoda. Yo seguí pensando en lo de antes. Lo que más me apetecía hacer en ese momento era rodearle la cintura y susurrarle al oído lo mucho que me gustaba. Sentía el impulso de seducirla hasta que estuviese seguro de que me besaría con las mismas ganas con las que yo me moría por hacerlo.

Ella reflexionaba sobre lo mismo, sobre esa conexión tan especial que había surgido entre los dos de la manera más inesperada. No hacía falta que me lo dijera.

Me costó reconocerme a mí mismo en aquella situación. Cuando una mujer me gustaba, cuando la atracción era recíproca, me lanzaba sin contemplaciones. Sin embargo, me moría por besar a Erie Brennan y no era capaz de pisar el acelerador. Ella era diferente a todas las mujeres a las que había conocido antes y sentía que no haría lo correcto repitiendo mis viejos roles.

Erie era una mujer especial y requería un trato especial. Aunque no me iría de Killarney sin saborear esos labios.

Ya habíamos dado buena cuenta de los *bagels*, así que me dispuse a sacar de la cesta el postre, un *brownie* de chocolate que había comprado en la pastelería del pueblo. Mis artes culinarias no llegaban tan lejos. La porción era grande y la coloqué entre los dos para compartirla.

—Cerca de donde vivo hay una tienda en la que venden productos irlandeses. Voy a menudo para hacer la compra, pero te aseguro que los sabores no se parecen en nada. —Hinqué la cucharilla en el *brownie* y lo saboreé con deleite—. Está buenísimo.

—¿Qué más echas de menos de Irlanda?

—La lluvia.

—¿Te gusta la lluvia? —Enarcó las cejas.

—Me gusta que llueva de vez en cuando. —Sonreí.

—¿Qué más?

—El color verde, el acento... Las tabernas y las mujeres irlandesas.

Ahora sonrió ella. Tras ese momento tan silencioso y trascendental, recuperamos el tono del inicio de la cita y continuamos charlando y charlando hasta que la chaqueta de Erie ya no fue suficiente resistencia contra el viento fresco que soplaba desde el lago hacia las montañas. La vi tiritar y yo no tenía nada para protegerla, así que decidimos dar por concluida la velada.

Además, era la una de la madrugada. Se nos había pasado el tiempo volando y no nos habíamos dado ni cuenta de la hora que era. A Erie no le importó tener que madrugar al día siguiente. A mí tampoco me habría importado, me habría pasado la noche en vela junto a ella.

Llegamos a la puerta de su casa. El Nissan continuaba en medio del jardín, donde ella lo había dejado porque nos devoraban las prisas por estar juntos. Y ahora no teníamos ninguna prisa por despedirnos.

—Lo he pasado muy bien. Gracias por molestarte en preparar la cena —me dijo, con ese tono de voz que se volvía tan sensual cuando hablaba bajo.

—No ha sido ninguna molestia. —Me tomé la libertad de aposentar mi mano sobre su muslo, por encima de la rodilla. Froté la tela del vaquero con el pulgar y detecté un sutil temblor en sus pestañas—. ¿Qué haces mañana por la tarde?

—Nada. —Se apresuró a contestar.

—Te recojo a las cinco y media. Quiero que vayamos a un lugar muy especial.

—Tus amigos van a pensar que les has abandonado.

—Ya son mayorcitos, saben valerse por sí mismos —bromeé—. Y tú eres mucho más guapa. —Se ruborizó, pude verlo incluso con la escasa luz que nos iluminaba.

—A las cinco y media —asintió ella.

Me acerqué a Erie y la besé en la mejilla. Me demoré lo justo para sentir lo suave que era su piel bajo mis labios y lo bien que olía. Se estremeció. El impulso de besarla en la boca me atormentó, pero supe que no era el momento cuando escuché el sonido de la manecilla de la puerta.

—Buenas noches, Kevin —susurró.

Capítulo 8

Día cuatro

Me dijo que íbamos a Cork pero no quiso darme más información, y eso que intenté sonsacarle respuestas empleando todas mis armas. Siempre se había dicho de mí que era una chica muy persuasiva pero no funcionó con Kevin Ridge. Yo no podía ni imaginar la sorpresa que tenía preparada.

Lo cierto es que la excitación por la aventura mantenía mi adrenalina tan alta que me costaba permanecer relajada en el asiento del coche. ¡Y eso que solo había dormido cinco intermitentes horas durante la noche!

Había soñado con él. Había comprobado cómo besaba y la sensación había sido tan intensa y gloriosa que me había despertado una y otra vez. Y cada vez que abría los ojos a la oscuridad de mi dormitorio ansiaba como una loca que llegara la tarde para poder verle de nuevo. En el trabajo había levantado sospechas. Mi madre me había repetido en más de una ocasión que parecía que estuviese en las nubes, y es que me había pasado todo el día con los pensamientos centrados en Kevin y en la cita tan increíble que habíamos tenido en Moll's Gap. Mi cuerpo y mi mente estaban siendo asediados por sensaciones peligrosamente placenteras que se me dibujaban en la cara, por lo que me había resultado muy costoso hacerle creer a Bridget que había dormido poco por la noche y que estaba cansada. Lo primero era cierto pero lo segundo no.

A quien realmente necesitaba contárselo todo era a Shannon, mi mejor amiga, pero ella estaba disfrutando de su luna de miel en las islas Fiyi, y no regresaría a Killarney hasta dentro de unos días.

Los dos estábamos de muy buen humor, de hecho, durante el trayecto en coche nos pusimos a cantar una vieja canción irlandesa que comenzó a sonar por la radio. Yo cantaba fatal pero él cantaba peor, por lo que los dos terminamos riéndonos a carcajadas, incapaces de seguir la letra.

Cuando faltaba muy poco para llegar a Cork, Kevin tomó el desvío hacia el aeropuerto y a mí se me aceleró el corazón. Abrí los ojos desmesuradamente cuando el hangar apareció a la derecha y me llevé una mano al pecho. Latidos de emoción golpearon la palma como un tambor. Le miré con la boca abierta, incapaz de articular palabra, y él se echó a reír. Me gustaba el sonido de su risa, era agradable y muy varonil, y más me gustaba todavía que yo le hiciese reír, aunque fuera por la cara de tonta que se me quedó cuando por fin descubrí cuál era la sorpresa que me tenía preparada.

—Oh, ¡Dios mío!

—¿Te gusta?

—¿Si me gusta? —No pude contener el derroche de emociones que me asaltó y los ojos se me cubrieron de lágrimas de felicidad que emborronaron la imagen del hangar. Parpadeé reiteradamente para hacerlas desaparecer, pero no hubo manera—. Dime que vamos a volar.

—Vamos a volar.

—¡Madre mía! —chillé alborotada, no podía mantener el trasero en el asiento.

Kevin se dirigía hacia el lugar de estacionamiento, feliz de verme tan exaltada y dichosa, y yo no pude controlar la necesidad de agradecerle lo que iba a hacer por mí. Le rodeé los hombros con los brazos y le planté un sonoro beso en la mejilla que, momentáneamente, le hizo perder el control del volante.

Un rato después, tras los trámites oportunos con un empleado del hangar, nos subimos a bordo de una avioneta de dos plazas. Habíamos tenido suerte de que el día fuera propicio para volar. No había ni una nube en el horizonte, el cielo era de un azul radiante y no hacía ni pizca de viento.

Me maravilló el rugido de los motores, la

vibración del aparato y la maestría con la que Kevin controlaba aquella cantidad ingente de botoncitos y mandos. Nos observamos antes del despegue, intercambiando emociones que solo dos apasionados del vuelo entenderían, y luego nos movimos hacia la pista de aterrizaje.

Durante los primeros minutos sobrevolamos Cork a vista de pájaro. Yo no podía dejar de mirar de un lado a otro y hacer comentarios sobre todos los lugares conocidos por los que íbamos pasando. Era fascinante contemplar la catedral de San Fin Barre a dos mil metros de altura, el parque The Lough con su maravilloso lago, el castillo de Blackrock o el puerto de Cork.

Pero, sin duda alguna, el momento más increíble de todos fue cuando Kevin me invitó a intercambiar posiciones.

—Estarás de broma...

—No necesitas de ninguna preparación si vuelas bajo mi supervisión. Vamos —me instó, con un tentador movimiento de cabeza.

A mí no me salían las palabras, pero acepté su propuesta sin plantear más objeciones, no fuera a ser que cambiase de opinión. Nada podía hacerme más feliz que manejar la avioneta. Puso el piloto automático mientras nos movíamos en el angosto espacio de la cabina.

—Ahora relájate y disfruta —me dijo.

Le miré como queriendo engullirle y ahogarle en mi gratitud, y en esos sentimientos románticos que crecían a cada segundo que pasaba a su lado.

Me hice con los mandos, memoricé sus rápidas instrucciones y con su ayuda surqué el cielo del atardecer de Cork en un estado de paroxismo que no había conocido nunca. La avioneta no era un globo aerostático, pero estaba volando y yo controlaba los mandos, así que ese viaje permitió que mi alma volviera a llenarse de los sueños que todavía no había cumplido. De sueños que quería hacer realidad. Ahora más que nunca.

Y todo gracias a él.

Antes del aterrizaje volvimos a cambiar de asiento. La felicidad que sentía era tan inmensa que no pude dejar de sonreír durante el resto del vuelo.

Kevin dirigió la avioneta al interior del hangar y cuando la abandonamos yo no reprimí el deseo de echarle los brazos a los hombros y abrazarle fuerte para reiterarle mi agradecimiento. No me importó que hubiese trabajadores por allí cerca que se nos quedaron mirando mientras realizaban sus tareas.

—Gracias. Ha sido... ¡ha sido el momento más increíble de toda mi vida!

—Sabía que lo disfrutarías.

Le miré y me asustó la intimidad que, de repente, se creó entre los dos. Sus ojos negros me observaban con una calidez que no había visto antes y yo le dejé ver algunas de las emociones que me rondaban en las últimas horas. Se me apagó la sonrisa, a él también, y la magia volvió a tocarnos con su varita. Encontré algo mucho más grande de lo que yo podía manejar en esos ojos tan oscuros. Exactamente, lo mismo con lo que él se topó en los míos.

Carraspeé y mis talones volvieron a tocar el suelo. Nos retiramos con lentitud y mis labios se curvaron de nuevo. Los de él también.

—¿Te parece bien que busquemos algún restaurante en Cork? Volar siempre me despierta un hambre voraz —me propuso.

—¿Te gusta la comida china? —le pregunté.

—Soy adicto a la comida china.

—Hay un buen restaurante cerca del lugar donde hago el curso. No está lejos de aquí.

Abrimos la marcha hacia la salida del hangar mientras volvía a expresarle mis sensaciones mientras estaba pilotando la avioneta. Él asentía, feliz de verme tan exultante, y es que mis pies parecían levitar sobre el suelo.

Ya era de noche cuando tomamos asiento en una mesa para dos que había junto a una pared decorada con cañas de bambú. Ambos pedimos el *wantom mee* y un plato de *jiaozi* para compartir. Para beber nos pusimos rápidamente de acuerdo en pedir una botella de agua mineral. Kevin tenía que conducir de vuelta y yo me solidaricé con él.

—¿Sabes? Tan pronto como tenga un hueco libre en mi apretada agenda… —bromeé— buscaré información sobre cursos de pilotos de globos aerostáticos. Es muy probable que en Cork se imparta alguno.

Kevin capturó mi mano por encima de la mesa

y la encerró en la suya. Me dio un suave apretón para que mantuviese la atención bien centrada en él y en lo que iba a decirme.

—Prométeme que lo harás, que no te estás dejando llevar por la emoción del momento.

—Te lo prometo, nunca he estado tan convencida de querer hacer algo. —Kevin había insuflado en mí las ganas de comerme el mundo. Solo esperaba que no desaparecieran cuando él ya no estuviese. Maldita sea, ¡no quería pensar en eso! No quería ponerme triste. Kevin se marchaba al día siguiente pero yo quería disfrutar el resto de la velada y no podría hacerlo si dejaba que esos pensamientos interfirieran. Era difícil, pero no imposible—. Incluso podría convencer a Shannon para que se apuntase conmigo. Hemos hablado alguna que otra vez de lo fascinante que sería pilotar un globo, así que seguro que le sigue pareciendo una buena idea. El único problema que encuentro es que… No sé de dónde demonios voy a sacar el tiempo.

Fruncí el ceño. Solo tenía dos tardes libres a la semana. Ya era difícil encontrar algo que se ajustase a mis necesidades.

—Erie… —Le miré. Su mano continuaba asiendo la mía—. Tienes que priorizar.

—Es que… todo es prioritario.

—¿Seguro?

Enarcó sus oscuras cejas. Empezaba a desarrollar la convicción de que él me conocía mucho mejor que yo misma. Era una sensación que no me desagradaba. En absoluto.

—No puedo abandonar el curso de cocina —negué sin ocultar mi pesar—. Les rompería el corazón a mis padres.

—Siempre nombras los intereses de tus padres pero, ¿qué hay de ti? ¿Qué sucede con los tuyos? Tienes que conseguir esa licencia que tanto ansías. En mi vida he visto a nadie tan feliz como a ti mientras estabas ahí arriba.

El camarero apareció con los platos de *wanton Mee* y con el *jiaozi*, que puso en el centro.

—Trataré de buscar… una solución.

Me llené los pulmones de oxígeno y lo dejé escapar lentamente por entre los labios. Sus dedos jugaban con los míos de una manera inconsciente mientras reincidíamos en otro de esos silencios en los que solo nos mirábamos.

—Hoy estás guapísima, Erie. Bueno, en realidad, siempre lo estás.

El rubor me encendió las mejillas. En el local había tanta luz que él pudo verlo sin problemas.

—Tú también estás muy guapo. Eres guapo —maticé. Una risa nerviosa perfiló mis labios—. Dios, qué mal se me dan estas cosas. —Quise meter la cabeza debajo del mantel.

—Yo creo que se te dan muy bien. —Ahora fui yo quien le miró con gesto excéptico—. No eres consciente de tus encantos, pero eres una persona adictiva.

Nunca me habían dicho nada semejante. Y me gustó. ¡Mucho!

—¿En serio piensas eso de mí?

—Por supuesto. ¿Crees que dejaría a mis amigos tirados cada vez que tengo la oportunidad de estar contigo?

Tuve que morderme los labios para que no se me ensanchara la sonrisa de oreja a oreja. Crucé las piernas. La izquierda comenzó a balancearse a toda prisa bajo la mesa.

—Yo también estoy disfrutando mucho de tu compañía. Están siendo unos días... geniales.

—Más que geniales.

—Más que geniales —asentí.

De repente, sus ojos se fueron ensombreciendo y yo noté que las pulsaciones se me iban acelerando. Retiró la mano con la que aferraba la mía y la confusión volvió a golpearme como un mazo. ¿Qué nos estaba pasando? Aquello era un disparate. ¡Nos conocíamos desde hacía cuatro días! Sí, era muy poco tiempo, pero nuestro lenguaje no verbal no conocía de tiempos y tampoco engañaba.

—Empecemos a comer o se enfriará. —Asió los palillos. Tenía un buen dominio de ellos—. Nunca he probado nada más asqueroso que un plato de *wanton mee* frío.

Recuperamos el tono desenfadado en el que nos refugiábamos cada vez que caíamos en uno de esos momentos tan significativos, al tiempo que nos disponíamos a saborear la cena.

Kevin me contó anécdotas que le habían sucedido desde que estaba en Los Ángeles y yo le escuché con los cinco sentidos. Él podía insistir todo lo que quisiera en que lo que hacía no era tan especial como yo imaginaba o como pintaban en los medios, pero a mí me parecía un mundillo fascinante. Le pregunté si conocía a muchos famosos, si acudía a esas fiestas tan glamurosas que se celebraban en Hollywood, si le reconocía mucha gente por la calle, si tenía muchos seguidores... A todas las preguntas respondió afirmativamente mientras yo le miraba embelesada.

—Deberías venir.
—¿A Los Ángeles?
—Sí, ¿por qué no? Mi apartamento no es muy grande pero hay una espaciosa habitación para invitados. Te enseñaría todos los lugares más destacados de Hollywood: el teatro chino, el paseo de la fama, los estudios Universal... —Esbozó una de esas medias sonrisas que me eclipsaban—. Sobrevolaríamos los montes de San Bernardino en avioneta... ¿qué dices?

Solté los palillos y me cubrí la cara con las palmas de las manos. Las dejé resbalar hasta destaparme los ojos. Era la oferta más tentadora que me habían hecho en la vida, pero la imposibilidad de aceptarla me dolió como una tortura.

—Ya, ya sé lo que vas a decir. —Me señaló con los palillos—. Que no puedes escaparte de tus responsabilidades.

—Es la realidad —susurré despacio, empleando mi tono más convincente. Aunque me di cuenta de que a la única persona que quería convencer de mis supuestas limitaciones para salir de Killarney era a mí misma— nunca tengo vacaciones. Cuando tienes tu propio negocio debes dedicarle los trescientos sesenta y cinco días del año.

Él entornó los ojos pero no me cuestionó. Me había calado muy rápido y sabía que tenía un problema serio con el hecho de correr aventuras que me obligasen a abandonar mi comodidad, así que trató el tema con la mayor delicadeza posible.

—Tus padres comprenderían que quisieras tomarte cuatro o cinco días libres, y tu profesor de cocina incluso agradecería que faltaras a un par de clases para librarse de probar tus platos —ironizó. Yo solté una carcajada—. Los montes de San Bernardino son espectaculares y volverías a pilotar la avioneta. Y hay un montón de agencias de vuelos en globo por toda la ciudad. Subiríamos juntos, nunca he probado esa experiencia. —El caramelo que me estaba poniendo en la boca tenía un sabor tan delicioso que prefería que me lo quitase ya de los labios porque no podía saborearlo por completo—. Cuatro o cinco días. Antes de que te des cuenta estarás de nuevo aquí. Dime al menos que lo pensarás.

—Lo pensaré.

No sé por qué reaccionó como si me creyera cuando él intuía que las probabilidades de que yo viajase a Los Ángeles eran casi nulas. Tal vez, solo quería hacerme sentir bien.

Ya habíamos terminado de cenar, pero antes de pagar la cuenta y marcharnos de regreso a Killarney, recordé la costumbre que tenía de pedir mi galleta de la fortuna cada vez que iba a un restaurante chino. Se lo dije al camarero e insistí a Kevin para que pidiese una para él, aunque declaró ser bastante escéptico con esas cosas.

—¿Crees en los mensajes de las galletitas de la fortuna? —me preguntó.

—No, pero me gusta el sonido que hacen cuando las partes por la mitad para sacar el papelito —bromeé.

El camarero nos las trajo y yo me apoderé de la mía. Hice mi ritual y le sonreí tras escuchar el crujido. Él meneó la cabeza, había cruzado las manos por debajo del mentón y me observaba con fijeza. Me intimidaba cuando me miraba así, pero logré que no me temblaran las manos mientras desenrollaba el papel para leer su contenido. En un primer momento, lo que leí me dejó petrificada. Fue como toparme con mis propios pensamientos reflejados en una escueta frase. Luego apelé a la razón. La lógica decía que no eran más que un conjunto de palabras que alguien había incluido en el interior de una galleta de la fortuna. No tenía nada que ver conmigo.

—¿Qué dice? —me preguntó—. A juzgar por tu expresión debe de ser algo muy revelador.

—Oh, qué va. Solo es… una frase —procedí a leérsela en voz alta—: «Si dejas escapar a la persona que tienes enfrente, es que no tienes ni dos dedos de frente».

Nos miramos con cara de póquer y, a continuación, prorrumpimos en risas.

—Vaya con la galletita. A lo mejor deberías hacerle caso. A ver qué dice la mía.

Ahora fui yo quien no despegó los ojos de él ni de sus reacciones mientras leía. Primero frunció un poco el ceño. Luego elevó ligeramente la ceja izquierda. Por último, sus pupilas se alzaron por encima del papel y se clavaron en las mías.

—¿Qué dice? —quise saber.

—Me pregunto si hay alguna cámara oculta por aquí.

—¿Por qué dices eso?

—Ten. Léelo tú misma.

Me entregó la nota y leí en voz alta:

—«Si no escoges a la persona que ahora está a tu lado, siempre serás desgraciado».

La risa no acudió a mí como antes. Estaba de acuerdo con Kevin, ¿dónde estaba la cámara oculta? Había abierto muchas veces galletas de la fortuna y jamás me había encontrado con mensajes tan personales como aquellos.

—¿Crees que los camareros han querido tomarnos el pelo?

Yo negué.

—Nadie tiene el modo de conocer los mensajes que hay en cada galleta. A no ser que tengan rayos X en los ojos, lo cuál no es muy probable.

—Me encogí de hombros. Tenía la sensación de que me había puesto pálida—. Una mera coincidencia.

—Ya, pero… ¿Y si no lo es?
—¿Cómo?
—A lo mejor esos mensajes predicen realmente el futuro. ¿De verdad quieres ser la chica sin dos dedos de frente? Porque te aseguro que yo no quiero ser un desgraciado durante el resto de mi vida.

Pillé la broma y agradecí que empleara el humor para quitarle hierro al asunto, ya que, aunque lo disimulásemos, ninguno podía negar que aquellas frases nos habían perturbado a los dos.

¿Una mera coincidencia? Una coincidencia asombrosa más bien, porque ¿cuántas probabilidades existían de que el azar pusiera en nuestras manos mensajes casi idénticos? Con los millones y millones que las galletas guardaban en su interior, las probabilidades debían de ser… ¿una entre un billón? Pues nos había tocado a nosotros.

Me quedé pensativa durante el trayecto de vuelta a casa. Además, ese tema desencadenó en otro mucho más importante para mí. Él se marchaba a Estados Unidos a la mañana siguiente, por lo que, una vez nos despidiésemos, lo más probable es que no volviera a verle. Mi humor sufrió un grave empeoramiento y entonces supe que iba a echarle mucho de menos. Esos días habían sido los más emocionantes de toda mi vida y no estaba preparada para que acabasen tan pronto. Se me hizo un nudo en la garganta contra el que luché encarecidamente. Yo era una persona sensible, pero no iba a ponerme a llorar como una niña. Intenté mantenerme entera.

—¿Te sucede algo? Estás muy callada.

Apartó un momento la mirada de la carretera para observarme. Yo me anticipé a mi respuesta mostrándole una liviana sonrisa.

—Estoy bien. Solo… pensaba.

Como hiciera el día anterior, él volvió a aposentar la mano en mi muslo, por encima de la rodilla. Noté que con aquel gesto no pretendía otra cosa que reconfortarme. Tal vez, también necesitaba reconfortarse a sí mismo, porque tampoco se mostraba tan hablador como de costumbre.

Llegamos a Killarney pasadas las once de la noche. Yo no quería despedirme pero tampoco podía permitirme trasnochar otro día. Aunque estando a su lado me sentía repleta de energía, en el fondo estaba cansada. Además, mi sexto sentido me decía que abandonase el coche cuanto antes y me metiera en casa, o él podría dar un paso que no haría otra cosa más que agravar mi tristeza en cuanto me quedase sola.

Detuvo el coche frente a la puerta y yo aferré mi bolso con las dos manos.

—¿A qué hora te marchas?

—Mi avión sale de Dublín a las doce de la mañana. Hay tres horas de camino, así que tendré que irme de aquí no más tarde de las siete. —Su voz sonaba apagada—. Vamos, te acompaño hasta la puerta.

Salimos del coche y cruzamos el jardín como

si nos dirigiésemos a la horca. Nos detuvimos en el umbral. La luz de la farola impactaba en mi rostro mientras que el suyo se mantenía en penumbra. Me incomodó que él pudiera apreciar tan nítidamente todas las emociones que se reflejaban en mi cara.

—Bueno... —Me aclaré la garganta—. No me... no me gustan nada las despedidas. Me pongo muy sentimental.

—A mí tampoco. Podemos dejarlo en un hasta pronto.

Asentí con la cabeza.

—Un hasta pronto suena bien.

Aunque los dos sabíamos que si alguna vez volvíamos a vernos no sería en breve.

Notaba que el corazón se me estaba acelerando, y es que mis pensamientos iban por delante de nuestras acciones, anticipándose a lo que sin duda alguna los dos deseábamos hacer. Yo solo había tenido una relación en mi vida, pero sabía perfectamente cuando le gustaba a un hombre. Y a Kevin le gustaba. Y él me gustaba a mí. ¡Muchísimo!

—Gracias por estos cuatro días, me han venido muy bien para desconectar de la rutina del restaurante. —Me miré la punta de los zapatos, me estaba poniendo más nerviosa que un flan.

—No me des las gracias. Te he buscado porque me encanta estar contigo. —Acopló una mano debajo de mi barbilla para que alzara la cabeza. Yo cargué el peso de un pie a otro y seguí apretando el bolso con los dedos—. Voy a echarte de menos, Erie Brennan, con la mayoría de mis amigos no tengo tantas cosas en común como contigo. Ni son tan guapos como tú —bromeó un poco.

—Yo...

Se me quedó el cerebro en blanco. No sabía lo que iba a decir, si es que acaso iba a decir algo. Él dio un paso al frente, acortando todas las distancias físicas y mentales. Era alto e imponente, y tuve que levantar un poco más la cabeza si quería mirarle.

—¿Tú?

Bajé la vista hacia sus atractivos labios y recordé la maravillosa sensación de mi sueño, cuando él me besó en la boca. Y quise que ese sueño se hiciese realidad. Ya no me importaba lo que dijera mi sexto sentido, ni tampoco que se agravara ninguna situación. Solo quería que me besase. Necesitaba sentirle de la única manera que no le había sentido todavía. Apreté los dientes de tan tensa como estaba e hinqué las uñas en el tejido del bolso cuando deslizó la mano por mi cuello. Enterró los dedos en mi cabello y me rozó la mejilla con el pulgar.

Sin dejar de mirarnos, su cabeza descendió y yo sentí un chispazo de placer cuando su boca cubrió la mía.

Sus labios eran cálidos e iniciaron un juego sensual sobre los míos al que yo me uní con verdadera dedicación. Había dulzura y necesidad entre nosotros, pero también una emoción que nos sabía amarga.

Besar a Kevin fue como volar entre las nubes algodonosas de un día de verano. Nos acoplábamos en los besos tan bien como en todo lo demás. Mis dedos se aflojaron sobre el bolso y a punto estuvo de caerse al suelo cuando él separó mis labios y deslizó la punta de la lengua entre ellos. Yo respondí en el acto recibiéndole y acariciándole con la mía, al tiempo que un lánguido gemido de placer brotaba de mi garganta.

Yo nunca había tenido sexo fuera de una relación amorosa, pero mi lado más fiero –yo también lo tenía– deseaba arrastrar a Kevin hacia el interior de mi casa para pasar la noche con él. Lástima que con la idea de mantenerme a salvo, mi conciencia siempre interfiriera en todo lo que mis impulsos me empujaban a hacer. ¡Yo no quería mantenerme a salvo de él! Deseaba que continuara besándome de ese modo abrasador, que sus manos me desnudaran, ¡que me hiciera el amor!

Pero perdí toda la concentración de golpe y abandoné el beso.

Apoyé la frente en su barbilla y dedicamos unos segundos a recuperar el aliento.

—No quiero que esto termine así, Erie —me confesó.

—Hay un océano de distancia entre los dos —le dije, sin aliento.

—Que se puede salvar, al menos para comprobar si surge algo más entre nosotros o si solo es una ilusión. Nunca me había sentido así con nadie.

—Yo tampoco, pero… —negué. Me escocía la garganta y me mortificaban las mismas dudas—. Es una locura.

Por fin me animé a levantar la cara. Él me miró con intensidad.

—Es una locura —repetí.

De algún modo, él supo que no lograría hacerme cambiar de opinión, así que apretó los dientes y asintió. Teníamos muchísimas cosas en común, pero había una que nos separaba. Estaba claro que él encaraba la vida con una buena dosis de locura porque no la entendía de otro modo; pero para mí, por el contrario, la sensatez siempre tenía que imperar por encima de todas las cosas. No podía evitarlo. Estaba en mi naturaleza.

—¿Tienes tu móvil?

Asentí y procedí a sacarlo de mi bolso. Grabé su número en él, aunque me equivoqué un par de veces porque me temblaban los dedos.

—Lo dejo en tus manos, Erie.

A continuación, me dio un beso rápido en los labios, me observó como si quisiese grabarse cada detalle de mi rostro en la mente y, sin mediar más palabra, dio media vuelta y abandonó mi jardín hacia el coche.

Yo me quedé en estado de shock. Ningún músculo de mi cuerpo respondía, tan solo el corazón, que continuaba latiendo al galope. Entré en casa varios minutos después de que su coche desapareciera de mi vista. El vacío que sentía en el alma era espeluznante. Como una autómata me quité la ropa, retiré las sábanas de la cama y me dejé caer en ella. Al poco, la imagen de mi ventana se difuminó y sentí que las lágrimas que comenzaron a rodar hacia la almohada dolían mucho más que las que había derramado cuando Alan me abandonó.

Capítulo 9

En la actualidad...

Aquella mañana la furgoneta de uno de sus proveedores accedió a la carpa para entregar el pedido. Con la ayuda de algunos camareros y bajo la supervisión de Erie, el repartidor fue descargando la mercancía en la cocina. La gente de Hollywood tenía buen apetito y había agotado prácticamente todas las reservas.

Fue una mañana de arduo trabajo para todos, y Erie no veía el momento de colgar el uniforme. El mal tiempo les había acompañado en los últimos dos días y no habían podido volar, pero ese día las nubes solitarias y blancas como copos de nieve parecían anunciar una tregua. La impaciencia por subirse al globo le arrasaba las venas.

Hacia el mediodía el bufé ya estaba listo y la atmósfera de la carpa comenzó a embadurnarse con los deliciosos aromas de los guisos de Bridget y del resto de cocineros. El equipo de rodaje comenzó a llegar paulatinamente, ocupando las mesas y sillas con la algarabía de sus voces y el entusiasmo por el trabajo que acometían.

Erie también se sentó a la mesa ante un plato de *boxty* y una botella de agua mineral.

Durante las dos semanas que habían transcurrido desde que el equipo se instalara en Killarney, Erie había hecho cierta amistad con Mary Blumer, la directora de fotografía. De hecho, comían juntas algunos días, cuando el horario de Mary se lo permitía. Como aficionada a la fotografía, a Erie le resultaba fascinante su trabajo y no paraba de hacerle preguntas que Mary respondía gustosamente.

—Estás invitada a asistir a alguna escena del rodaje, para que veas cómo trabajamos —le había repetido en más de una ocasión.

Tenía la agenda apretadísima entre la carpa y los vuelos, pero no pensaba desperdiciar la oportunidad que Mary le ofrecía. Debía de ser fascinante ser testigo de cómo se rodaba una película. Meterse en sus entrañas y presenciar cómo se iban construyendo todas esas escenas que luego quedaban tan bien en la pantalla grande.

Mary entró en la carpa con algunos compañeros, pero rehusó sentarse con ellos cuando vio a Erie sentada al fondo. Se hicieron señas desde la distancia y Erie le reservó el sitio mientras la menuda morena se disponía a servirse la comida. Acudió con un humeante plato de *boxty*, el menú del día, y con el humor un poco alterado. Era una mujer con mucho carácter, decía que era necesario tenerlo para sobrevivir en un mundo de hombres, pero ese día a Erie le pareció que había tenido algún contratiempo en el trabajo, porque fruncía el ceño como nunca.

También era muy extrovertida, así que no hizo falta que Erie le preguntara. Mary colocó la bandeja sobre la mesa y se sentó frente a ella. Sus grandes ojos castaños lanzaban chispas a través de los cristales de sus gafas. Debía rondar los cuarenta pero parecía más joven, tenía un cutis impecable y con mucha luz. Aunque apenas se preocupaba de su aspecto físico –nunca se ponía maquillaje, llevaba un corte de pelo muy anodino y siempre vestía con sudaderas, deportivas y vaqueros–, era una mujer atractiva.

Atractiva y cabreada.

—Qué idiota que es, te juro que me saca de quicio.

—¿A quién te refieres? —le preguntó Erie.

—A Douglas Wells, ¿a quién si no? —Meneó la cabeza mientras desenroscaba la botella de agua—. ¿Sabes cuál ha sido la discusión de hoy? Se ha empeñado en llevarme la contraria sobre este plato. —Señaló el *boxty* con el dedo índice—. Tengo parientes irlandeses y sé perfectamente que el *boxty* se sirve tradicionalmente en Halloween, ¿verdad que es así?

—Así es.

—Pues el señor ha insistido una y otra vez en que es tradición prepararlo el día de Navidad. Tendrías que haberle visto, ¡se ha puesto como un energúmeno! —Agarraba el tenedor tan fuerte que los nudillos amenazaron con atravesarle la piel. Erie estaba segura de que era Mary la que se había puesto como una energúmena. Durante esos días había presenciado una discusión entre los dos y a ella se le incendiaba el carácter mucho más que a él. Lo más chocante de todo es que siempre se enfrentaban por tonterías—. Menos mal que ha aparecido Kevin y le ha cerrado la bocaza. Pero ¿me ha pedido perdón o ha reconocido su error?

—Supongo que no.

—Pues no, no lo ha hecho. —Entornó los ojos y soltó un bufido—. Qué hombre tan insufrible.

—No parece mal tipo.

—Se puede ser buen tipo y ser un gilipollas.

Erie soltó una carcajada. Aunque la directora de fotografía era una mujer seria, tenía ese punto de humor que a Erie le hacía tanta gracia. No era el contenido de lo que decía sino la forma de decirlo.

—Hablando del gilipollas... —Mary señaló al fondo con la barbilla.

Douglas y Kevin atravesaban la entrada de la carpa. Erie observó al segundo por el rabillo del ojo, pero retiró la mirada antes de que él la pillara. Había pasado una semana desde el incidente en su caravana y desde entonces no habían vuelto a hablar. En las ocasiones en las que se habían cruzado en el interior de la carpa o en el exterior, siempre andaban con prisas y solo habían intercambiado saludos cordiales. Aunque se notaba a la legua que siempre se quedaban con ganas de más. Ninguno lo podía disimular.

Era mejor así. De ese modo no había peligro de caer en la tentación.

Se dio cuenta de que Mary la estaba mirando fijamente, que incluso había dejado de remover su guiso.

—A ti te gusta Kevin —le dijo.

Erie parpadeó y se tomó el comentario con sentido del humor.

—A todas nos gusta Kevin.

—No, no me refiero a esa forma de gustar. A ti te encanta de verdad. Le miras de un modo diferente a como le miran las demás. Y me he dado cuenta de que tú a él también. Soy muy intuitiva con estas cosas.

Erie se mordió los labios. No sabía si sería capaz de aguantar el golpe de risa que le ascendió por la garganta. Y no, no fue capaz.

—¿De qué te ríes?

—De lo que acabas de decir. Permíteme que te lleve la contraria.

—¿En qué?

—En eso de que eres muy intuitiva. —Erie bebió un trago de agua para darse tiempo a decidir si le decía o no lo que llevaba un tiempo callando. Se animó—. Si lo fueras ya te habrías dado cuenta de que tú también le gustas a Douglas.

A Mary se le descolgó la expresión.

—Estarás de coña…

Erie negó con la cabeza reiteradamente.

—Se nota a la legua. Creo que los únicos que todavía no os habéis dado cuenta sois vosotros. Yo apenas coincido con los dos a la vez y lo he visto más claro que el agua.

—Se me está removiendo el *boxty*. —Erie se encogió de hombros—. Es un imbécil, ¿cómo va a gustarme un tío así? En lo único que piensa cuando no está trabajando es en qué puede hacer para tirarse a la secretaria del alcalde. Tiene el cerebro de mosquito.

—No es tan idiota —negó Erie—. No es que yo lo conozca mucho, pero en las conversaciones que hemos tenido la impresión que me he llevado de él es que es un tipo culto, inteligente y educado. ¿Quieres que te cuente mi teoría?

—¿Tu teoría sobre qué?

—Creo que se comporta como un asno delante de ti porque le das miedo. Ya sabes, hay muchas personas a las que enamorarse les provoca pavor.

—Interesante tu teoría, pero no la comparto. Y si de verdad me aprecias en algo, deja de hablar de Douglas en esos términos o el *boxty* acabará en el fondo del retrete.

Erie volvió a reír.

—De acuerdo. Pero que conste que tú has empezado.

De repente, el interior de la carpa se oscureció y las primeras gotas de lluvia aporrearon la lona. Vio a través de una de las ventanas que las nubes inofensivas se habían convertido en nubarrones oscuros. Ya tenía que ocurrir un milagro para que volviera a despejarse.

Erie estuvo a punto de enterrar la cara una y otra vez en su plato de patata y calabacín.

—Otro día de lluvias, menuda faena —comentó Mary.

—Y que lo digas. Con la de turistas que han llegado al pueblo y no podemos sacar los globos del hangar. —Cabeceó—. En fin, esto es Irlanda.

—Ven a vernos esta tarde si el tiempo no mejora. Vamos a rodar una escena en las inmediaciones del castillo de Ross. Te va a encantar.

Su mejor plan era volar, pero si no podía hacerlo, aquel era el segundo mejor plan que se le ocurría.

Buscó a Kevin de soslayo mientras Mary se ocupaba de contestar una llamada en su teléfono móvil. Él estaba en la otra parte de la carpa charlando con otros miembros del equipo, probablemente, sobre asuntos de trabajo. Como si se sintiese observado, él giró un poco la cabeza y sus miradas hicieron conexión. Ella quiso retirarla de inmediato pero no pudo, era como si sus ojos negros tuvieran la cualidad de imanes a los que siempre quedaba enganchada. Kevin le sonrió y Erie curvó un poco los labios antes de regresar la atención al postre de ese día, un sabroso pudin de queso que tenía el inconfundible sello de Bridget Brennan.

Era curioso lo rápido que se extendían los rumores y los cotilleos en cualquier ámbito de trabajo, incluso en uno tan peculiar como aquel. A la mañana siguiente del altercado en la caravana de Kevin, hasta sus camareras sabían que su exnovia se había plantado allí en medio de la noche. Por lo visto, la joven había montado un numerito de campeonato y sus gritos se habían dejado oír por todo el campamento. El resto fue pasando de boca en boca hasta que llegó a ella al día siguiente de labios de Kimberly y Brittany.

Él no le había mentido. La ruptura era definitiva desde por la mañana, solo que Alison no había querido aceptarla.

Erie se preguntaba cuándo le vería aparecer con otra chica. Si se atenía a su meteórico recorrido con las mujeres, ya estaba tardando demasiado.

¿Y quién sería? Esperaba que no se encaprichase de ninguna conocida suya, eso sería espantoso y no iba a poder digerirlo.

En las inmediaciones del castillo de Ross se estaban realizando muchas tomas de exteriores para incluirlas en el metraje. Se trataba de una película ambientada en la alta Edad Media y el castillo estaba lo suficientemente conservado para que cumpliera con su finalidad. Todos los actores que formaban parte de la escena que se iba a rodar esa tarde, así como los extras –Erie reconoció a algunos habitantes de Killarney entre ellos–, iban ataviados con la indumentaria de la época. Como el resto de los hombres, Kevin vestía una saya de color marrón fabricada en paño de lana, unas calzas y botas de caña ancha. Parecía un auténtico noble de la Edad Media. Apuesto e imponente. Los diseñadores de vestuario habían realizado un trabajo magnífico.

Aunque contempló el rodaje desde lejos, junto al resto de los curiosos que se agolpaba a orillas del lago Leane –no estaba permitido acercarse más al equipo–, disfrutó de la aventura como una niña pequeña. Era increíble que de todo aquel despliegue de cámaras, micrófonos, focos, cables, grúas y equipo humano, fuera a nacer una película.

Cuando se estrenara en las salas de cine y fuera a verla, seguro que se emocionaría al recordar que ella había asistido como público durante el rodaje de la escena en el castillo de Ross.

El tiempo les dio una tregua y no llovió por la tarde, pero las nubes azuladas continuaron encapotando el cielo, realzando los colores verdes del paisaje y dando un aspecto mucho más lúgubre a los gruesos muros del castillo y a la alta torre.

Por lo que Mary le dijo más tarde cuando pasó a saludarla, se habían logrado unas tomas increíbles gracias a los juegos de luces y sombras que esa tarde invadían el parque nacional. Alabó su tierra y sus colores, y Erie no pudo sentirse más orgullosa de Killarney. Ella también había llevado su cámara de fotos compacta, aquella era una experiencia que deseaba inmortalizar.

El trabajo de Kevin se alargó durante dos horas más, justo hasta el atardecer. Parte del equipo iba a quedarse allí para filmar algunos planos del castillo durante la noche, pero el resto comenzó a disgregarse paulatinamente para volver al campamento. Kevin también tenía que regresar en uno de los coches que la productora ponía a disposición del equipo, pero durante las pausas de los rodajes había visto a Erie cerca del lago, junto al resto de público que había venido a verles, y ahora volvió a mirar en aquella dirección para comprobar si todavía estaba allí.

Vio su melena rubia asomando entre la multitud, que ya se movía para abandonar los alrededores del castillo, y sus pasos se encaminaron hacia ella. Erie le vio acercarse y se detuvo, todo el mundo la sobrepasó y el lago se dejó ver a su espalda, tan cristalino y azul como sus ojos.

—Hola —la saludó él—. Toda una sorpresa verte por aquí.

—Buena, espero.

—¿No ves mi cara? —Sonrió.

—Mary me invitó a venir y no pude decirle que no. Nunca había asistido a un rodaje y todo me ha parecido fascinante. —No exageraba, su rostro aún expresaba una indudable admiración por todo lo que había presenciado—. Es maravilloso el trabajo que realizáis. Cuesta creer que detrás de una película de dos horas exista tanto esfuerzo y tanta gente involucrada. Hacéis magia.

—Así es como yo lo veía cuando empecé en esto, pero lo mejor de todo es que sigo viéndolo igual, da lo mismo que hayan pasado los años. —Erie se balanceó sobre los talones. A él le encantaba cuando se mordía la comisura del labio, significaba que su presencia le ponía nerviosa—. ¿Cómo has venido?

—En coche. Hay treinta minutos caminando y no quería que se me hiciera de noche.

Kevin miró hacia atrás. Uno de los vehículos le estaba esperando pero le hizo un gesto con la mano al conductor para que el grupo se marchase sin él. Montaría en alguno de los siguientes.

—Te acompaño a tu coche —le dijo.

Un brote de nervios le encogió el estómago a Erie. Sabía que tarde o temprano volverían a estar a solas y hablarían de lo que había ocurrido, pero no imaginaba que fuera a pasar en ese preciso momento. Bueno, ese momento era tan bueno como cualquier otro, ¿no? Echaron a andar hacia el lugar que se había habilitado como estacionamiento.

—Estás muy imponente vestido así.

—Y eso que no me has visto con la cota de malla y la armadura —bromeó—. Me siento como un niño pequeño jugando a los disfraces. Nunca había participado en una película histórica, así que me siento un poco raro con esta indumentaria.

En sus pensamientos ella era mucho más enfática en su opinión sobre su aspecto físico, porque Kevin estaba insoportablemente atractivo con la saya y las calzas. Tendría que regresar al rodaje otro día en el que se grabara alguna batalla, pues se moría de ganas de verle con la armadura y la cota de malla. Seguramente, también cargaría con un escudo y blandiría una espada.

La imaginación se le estaba disparando, así que echó el freno mientras se ponían en movimiento y tomaban el camino de tierra que llevaba hasta el improvisado aparcamiento.

—¿Conoces la leyenda del castillo de Ross? —le preguntó Erie para romper el hielo.

—He leído algo sobre él. Sé que fue el hogar del clan O´Donoghue, que fue construido a finales del año 1400 y que fue uno de los últimos castillos en rendirse durante las guerras confederadas de Irlanda. Pero no he escuchado ni he leído nada sobre leyendas.

—Pues existe una muy singular. Cuenta que O´Donoghue saltó por la ventana del gran salón que había en la parte más alta del castillo durante las guerras confederadas y que desapareció en las aguas del lago con su caballo, con su mesa y con su biblioteca entera. Se dice que ahora vive en un gran palacio en el fondo del lago Leane y que desde allí vigila todo lo que ve.

—¿Con su biblioteca entera?

—Así es. Tenía miles de libros.

—Demasiado peso para un caballo, ¿no?

Erie se encogió de hombros.

—Supongo que no era un caballo cualquiera.

Un grupo de personas les adelantó y le pidieron a Kevin que les firmara unos cuantos autógrafos. Luego reanudaron el camino envueltos en un crepitante silencio. Sus pasos eran mucho más lentos que los de la mayoría que caminaba en el mismo sentido, como si ninguno de los dos quisiera llegar al lugar de la despedida.

Kevin se aclaró la garganta.

—El otro día no estuve muy acertado. Reconozco que la situación se me escapó un poco de las manos, y si a eso añadimos la inesperada visita de Alison… Supongo que te enteraste de lo que ocurrió, ¿verdad? Se enteró todo el mundo. —Erie asintió—. Fue todo un espectáculo —dijo con cierto deje avergonzado, como si su relación con la modelo hubiese sido el tropiezo más grande de su vida—. No me arrepiento de haberme acercado a ti de ese modo tan íntimo. Me gustas mucho más de lo que recordaba. Pero sí me arrepiento del método. Te miré a los ojos y, por un momento, olvidé quién eras y cómo eras. Solo quería besarte y hacer todo lo demás, ya sabes.

Erie curvó los labios. Sus palabras la ruborizaron pero, al mismo tiempo, le gustó escucharlas.

—No pasa nada, a mí… a mí también se me fue un poco la cabeza.

—Todavía existe entre los dos, ¿verdad?

—¿La química?

—La química.

—Sí, parece que todavía existe. —Aunque no tenía muy claro si debía o no alegrarse de ello.

Llegaron hasta el coche de Erie. El sol ya era una media luna naranja que se ocultaba tras las montañas del oeste. Se detuvieron. Kevin estuvo a punto de cambiar su discurso mientras observaba ese rostro tan adorable; aunque, finalmente, fue fiel al mismo.

—Quiero que sepas que eres una persona especial para mí y que no quiero hacerte daño. Por eso, voy a hacer todo lo posible por mantener alejadas mis manos de ti.

Erie ya sabía que no iba a suceder nada entre los dos desde que volvieron a reencontrarse en su caravana y conoció su actual punto de vista sobre las relaciones amorosas, ya no compartían los mismos valores, pero escuchárselo decir ahora fue como si le arrojaran un jarro de agua fría en la cara.

—¿A quién no quieres hacer daño? ¿A ti o a mí?

Kevin entornó la mirada, la de ella era directa y clara como el agua. Acababa de lanzarle una interesante reflexión para la que no encontró una respuesta inmediata. Vio cómo ella se apuntaba un tanto.

—No te preocupes, Kevin —habló Erie en su lugar—. No tendrás que esforzarte demasiado en mantener tus manos apartadas de mí, porque yo no voy a permitir que vuelva a suceder lo del otro día —le dijo sin acritud. Buscó las llaves del coche en el interior del bolso y accionó el mando a distancia para desbloquear las puertas—. Lo pasé mal hace cuatro años, y sería una idiota si me lanzase a repetirlo. Además... —Su silenciosa actitud la había envalentonado tanto que alzó la barbilla y movió la cabeza para retirarse el cabello de la cara—. Si me empeñara, sé que podría derribar esa coraza que llevas puesta, pero veo que no estás preparado para enfrentarte a mí sin ella.

Kevin se quedó atónito con lo que acababa de decirle.

—Vaya... —Torció los labios en una sonrisa perezosa.

Erie hizo un mohín.

—Cuando me dijiste que tú también habías cambiado no te creí, pero ya veo que no mentías. No te recuerdo tan altanera.

Y por lo que dejaba traslucir, a él le gustaba.

Erie no podía creer que ese comentario sobre sí misma hubiera salido de sus labios, pero se sintió tan bien al habérselo soltado que no se arrepintió lo más mínimo.

—No es altanería. Simplemente, ahora estoy mucho más segura de mí misma.

Comenzó a rodear el coche hacia el asiento del conductor.

—¿Volverás otro día al rodaje?

—Si no puedo salir a volar seguro que volveré.

Kevin se cruzó de brazos y la observó. Tenía

esa mirada pendenciera que revelaba que era mejor no conocer sus pensamientos. Erie subió al coche, todavía cuadrando los hombros, aunque con la cabeza en otro lado, más allá de las nubes. Fue un milagro que no se equivocara al quitar el freno de mano, arrancar el motor y meter la primera marcha.

Capítulo 10

—¿En serio le dijiste eso?
Shannon la miraba con los ojos divertidos y desmesuradamente abiertos, dando a entender que admiraba su arranque de valor. Su amiga sabía perfectamente que Kevin siempre había sido su debilidad, y por eso aplaudía que le hubiese puesto en su lugar.

En su momento, Erie ya le había contado lo que sucedió la noche que él la invitó a su caravana, y ahora acababa de ponerla al corriente de lo que ella le había dicho al despedirse la tarde anterior, cuando acudió al rodaje.

—Su expresión cambió. Tuve la sensación de haber tocado justo donde nadie había tocado antes.

—Se lo merecía. —Le dio unas palmaditas en el muslo—. Los tíos como Kevin Ridge están muy acostumbrados a que ninguna mujer se les resista. Le diste una buena lección.

—Pues si supieras lo que me costó hacerlo... Es que tiene una manera de mirarme que me deja el cerebro en blanco, como si me traspasara, ¿sabes? Si no le hubiese conocido antes, si no supiera con tanta certeza que sufriría si me dejase arrastrar por las emociones que despierta en mí, yo... Te aseguro que no habría nada que me detuviese.

—Te entiendo, porque si yo no estuviera comprometida también me pondría a la cola.

Shannon se echó a reír y Erie la secundó.

Estaban sentadas en el porche de la casa de Shannon, frente a un par de vasos de té frío y un envase de galletas de avena. Tras los tres últimos días de viento y lluvia, la tarde había ido muy bien, y todos los turistas que se habían quedado con las ganas de volar en los días precedentes vinieron en masa para probar la experiencia de subir en globo. Incluso algunos miembros del equipo Hollywoodiense acudieron para experimentar la aventura. En un día próspero como aquel, podían recuperar todas las pérdidas acumuladas en las tardes infaustas.

Erie tomó una nueva galleta y la saboreó mientras colocaba los pies sobre la silla de mimbre que tenía enfrente y se acomodaba en la mecedora. Shannon hizo lo mismo. Ya había anochecido. Las vistas desde la terraza mostraban un cielo azul petróleo que se fundía con el negro en el horizonte. Hacía una temperatura agradable y ni siquiera necesitaron ponerse las chaquetas.

—¿Qué le harías? —le preguntó Shannon, con tono picarón—. ¿Qué dejarías que él te hiciera?

Erie no esperó a tragarse el trozo de galleta para contestarle.

—De todo.

—¿De todo? Sé más concreta —la animó—. ¿Harías con él todo aquello que nunca has hecho con otro hombre?

—¡Desde luego que sí! —aseguró con una chispeante contundencia—. Mi única relación seria fue poco después de la adolescencia con un chico que sabía menos que yo, y más tarde con un hombre homosexual que no experimentaba en el sexo más allá de la postura del misionero. Prácticamente, ¡soy una novata! Desde la noche en la caravana, no paro de pensar en lo que Kevin podría enseñarme, y yo...

—Y te pones cachonda perdida, ¿a que sí?

—¡Pero muy perdida!

Volvieron a explotar en carcajadas mientras le daban un minucioso repaso a todos los juegos eróticos en los que Erie se embarcaría sin ningún tipo de remilgos con Kevin Ridge.

Shannon terminó muerta de la risa y Erie acabó con los ojos vidriosos y con un tremendo calor en el cuerpo que intentó sofocar abanicándose con la mano.

Tras aquel momento tan divertido quedaron en silencio mientras continuaban saboreando el té y las galletas de avena que hacía Bridget. La expresión de Shannon había cambiado en el transcurso de los últimos minutos, el humor se había evaporado de sus ojos azules, que ahora parecían mustios mientras su mirada vagaba por los setos del jardín que había enfrente. No fue necesario que Erie le preguntara en qué estaba pensando, Shannon se abrió a ella con una confesión que la sorprendió muchísimo.

—Siento que mi relación con Niall ha cambiado en las últimas semanas. Ya no es igual a como era.

Erie puso ceño.

—¿A qué te refieres?

—No quería decir nada hasta que no estuviese convencida, pero ya ha pasado de ser un hecho aislado a convertirse en una situación que comienza a preocuparme.

—¿Te refieres al sexo?

—A todo en general, a su comportamiento cuando está conmigo. Trabaja muchas más horas que antes y cuando llega a casa está tan cansado que no le apetece conversar ni hacer el amor. Cena y se va directamente a la cama.

—Ha ampliado la tienda, es normal que le consuma más tiempo.

—La amplió hace más de medio año, pero su conducta ha cambiado recientemente.

Niall era el propietario de una tienda de ultramarinos en Killarney. El negocio iba en auge y por eso lo había ampliado, pero también había contratado a una persona para que le ayudase.

—¿Y qué es lo que él argumenta? ¿O no lo habéis hablado?

—Se excusa en la tienda. Dice que sea paciente y que no piense cosas raras, que el negocio está pasando por un mal momento y necesita más atención. ¿Un mal momento? —Shannon resopló—. Cada vez que paso por la puerta la tienda siempre está llena de gente.

Erie se quedó pensativa. Lo más seguro es que fuera una crisis pasajera, ella había sido testigo del amor tan grande que sentían el uno por el otro desde que se conocieran, pero los pequeños detalles que Shannon continuó relatándole le resultaron tan familiares que no pudo ayudarla con un argumento realmente consistente.

—¿Ves qué hora es? —Volvió a consultar su reloj de pulsera—. Son más de las diez, cerró la tienda hace dos horas y todavía no ha venido a casa. Dice que pasa mucho tiempo en su oficina de la trastienda haciendo cálculos.

—Y si sospechas de que no es así, ¿por qué no te presentas y lo compruebas?

—Buena pregunta. —Shannon se llenó los pulmones de aire y lo fue soltando poco a poco—. Porque me da miedo.

—¿Miedo de qué?

—De encontrarme con algo que pueda cambiar mi vida. Le amo muchísimo, Erie.

—Lo sé, ¿pero qué ibas a encontrar? —Erie leyó los temores de Shannon en la complejidad de emociones que le arrasaban los ojos—.

Niall no te está siendo infiel con su nueva empleada.

—¿Y tú cómo lo sabes? Darcy es una chica guapísima.

—Tú eres el doble de guapa. Y también mucho más inteligente, así que ya puedes estar sacándote esa tontería de la cabeza. Lo más seguro es que solo esté agobiado por algo relativo al trabajo que no ha querido contarte para no preocuparte, algo que no tiene nada que ver contigo. Dale su tiempo, y si esto se alarga más de lo normal, entonces háblalo con él seriamente.

—¿Tú has notado algo extraño en él?

Erie terminó negando.

—El otro día en la boda de los McCarthy te retiró el rímel que se te había corrido con la yema de los dedos. Nunca había visto un gesto tan cariñoso y delicado entre un marido y su esposa. Si eso no es amor...

Shannon se quedó pensando en sus palabras.

—Haré lo que dices. Esperaré unos días más y si todo sigue igual tendré una conversación seria con él.

—Eso es. —Le dio un ligero apretón en el hombro para animarla—. Verás como no es nada.

Shannon asintió, aunque Erie notó que no la había convencido del todo.

—Cambiemos de tema. ¿Qué tal con el director de la película ahí arriba? Nos va a venir genial para darnos publicidad en Internet, ¿no crees?

Se habían sacado unas cuantas fotos con Douglas Wells y con otros miembros del equipo por la tarde con la intención de subirlas a la página web con su permiso, por supuesto. Damon era un experto informático y había creado una web muy bonita, así como cuentas en redes sociales que gestionaba diariamente. Con su ordenador era como se ganaba la vida cuando no estaba volando.

—Ha sido un incordio de travesía —le confesó Erie.

—¿Y eso por qué?

—Porque Mary Blumer y él son un par de idiotas.

Le contó todo lo relativo a aquellos dos y las razones por las que se llevaban como el perro y el gato.

—Se han pasado todo el viaje discutiendo por tonterías. Tienen una rabia contenida el uno con el otro que no es ni medio normal. El día en que todo explote sonarán hasta campanas de boda. Ya lo verás. —Shannon se echó a reír—. Nunca había pasado tanto tiempo en compañía de los dos hasta esta tarde, y ya no me cabe la menor duda de que los dos se gustan. Solo les falta reconocerlo.

—Pues curiosa manera de demostrárselo, ¿no?

Erie se encogió de hombros.

—Yo ya no me sorprendo de nada.

—Y que lo digas. —Shannon agitó en el vaso el té frío y bebió hasta apurarlo—. ¿Crees que Kevin también se animará a subir?

—¿En globo? —Shannon asintió—. Como no ocurra un milagro, lo dudo mucho.

—Debería poner un poco de su parte para superar esa fobia. Más todavía cuando a él le gustaba tanto volar, ¿no?

—Me figuro que enfrentarse a un trauma tan severo no debe de ser nada fácil, pero estoy de acuerdo en que al menos debería intentarlo. —Sus recuerdos viajaron a aquella tarde en que los dos compartieron una de las experiencias más fascinantes de toda su vida. Jamás podría olvidar ese paseo glorioso atravesando los cielos de Cork en su compañía—. La verdad es que me cuesta comprender cómo es que su miedo es más fuerte que su pasión.

—A lo mejor tú podrías convencerle…

—¿Yo?

—¿Por qué no? —Shannon se encogió de hombros—. Matarías dos pájaros de un tiro. Por un lado, harías una buena obra de caridad y, por otro, imagínate la publicidad positiva que nos daría. —A continuación, imitó la singular voz de un conocido presentador de noticiarios del canal RTÉ One—: «El famoso actor Kevin Ridge supera su miedo a volar gracias a la inestimable ayuda de la piloto de globos aerostáticos Erie Brennan. Para más información, visite la siguiente página web: www.globosaerostaticosazulcielo.com». ¿Qué te parece?

Las risas volvieron a acudir al porche.

—Me parece que imitas muy bien a Robert Pearse.

—Ríete lo que quieras, pero sabes que tengo razón. Y si se lo dijera a Damon, él me apoyaría.

Erie alzó un dedo, con el que la apuntó.

—Ni se te ocurra decirle nada a Damon.

Shannon volvió a reír.

—Tranquila, no te pondré en ese aprieto.

Erie cabeceó. Fue a coger una nueva galleta pero ya no quedaban, así que agarró el envoltorio en el que las había colocado Bridget e hizo con él una pelotita. No era descabellado lo que Shannon comentaba. Obtener publicidad gratuita para el negocio a costa de Kevin no era algo que se le hubiera pasado por la cabeza, ella nunca utilizaría a nadie a quien apreciase para esa finalidad, pero sí que se había planteado lo de ayudarle a enfrentarse a sus miedos.

Claro que, una cosa era tener un pensamiento y otra muy distinta era llevarlo a la práctica. Ella no podía tomar semejante iniciativa a menos que él se lo pidiera, y tampoco era tan importante en la vida de Kevin como para acometer una responsabilidad de tanta magnitud. Además, estaba intentando denodadamente mantenerse a una distancia prudencial de él.

Suponía que la gente de su entorno, sus amigos y familiares, habrían intentado por todos los medios ayudarle sin haberlo conseguido, así que, ¿por qué iba a lograrlo ella?

Sin quererlo, Shannon le dio la respuesta. Su amiga la conocía bien y sabía lo que estaba pensando con solo mirarla a los ojos.

—A lo mejor no es la ayuda de sus amigos y familiares la que realmente necesita.

Un par de días después, Douglas Wells le dio alcance cuando se dirigía a su coche. Erie caminaba deprisa, se le había hecho un poco tarde en la carpa y sus compañeros la estaban esperando frente a la mansión Muckross para aprovechar al máximo la soleada tarde. No obstante, cuando se topó con los ojillos azules y sagaces de Douglas, supo que tenía algo importante que decirle. Algo que no tenía nada que ver con el servicio que el restaurante les estaba prestando.

—¿Tienes un momento, Erie? Quiero hablar contigo de un tema al que siempre le estoy dando vueltas.

Erie pensó que le hablaría de Mary Blumer. Él las había visto juntas en muchas ocasiones y seguro que intuía que habían hablado de él. Pensó que trataría de sonsacarle información, pero salió con un tema que nada tenía que ver con la directora de fotografía.

—Cuéntame.

—Se trata de Kevin y de su fobia a subirse a un avión.

Erie arqueó las cejas y con mucha prudencia le animó a que prosiguiera.

—Creo que ha llegado el momento de ponerse serio en este asunto. Tenemos que hacer algo para que deje atrás sus miedos y recupere su vida tal y como era antes del accidente.

—¿Tenemos?

—Sí, había pensado en ti para que me ayudaras.

Erie parpadeó incrédula, esa fue su única reacción. Después de digerirlo, esbozó una sonrisa nerviosa y alzó la palma de la mano.

—Un momento. ¿Por qué has pensado en mí?

—¿Aparte de que dispones de un medio de transporte aéreo menos agresivo que un avión?

—Sí, al margen de eso.

Douglas se pasó una mano por el pelo rubio y la dejó sobre la nuca. Se rascó con ganas y luego metió ambas manos en los bolsillos de sus pantalones chinos. Reaccionaba como si fuera a contarle algo indebido.

—Anoche Kevin y yo estuvimos tomando unas Guinness en ese bar tan famoso, el Mustang Sally's, y le pregunté por ti. —Erie fue a abrir la boca, pero Douglas la frenó al proseguir con su explicación—. El primer día que llegó aquí me comentó que eras una vieja conocida, y no creas que anoche le sonsaqué mucho más. —Sonrió, como dando a entender que no se creía nada de lo que Kevin le había contado—. El caso es que en cuanto abre la boca para nombrarte se le nota que te tiene un cariño muy especial que no siente por ninguna de las mujeres que han pasado por su vida en los últimos años.

—¿Y eso me convierte en la candidata ideal?

—Yo creo que sí. Además, salta a la vista que el cariño es mutuo.

Erie se mordisqueó el labio inferior y comenzó a negar.

—Creo que lo más conveniente para Kevin es que acuda a un terapeuta. Yo no soy psicóloga, no puedo ayudarle.

—El primer paso para superar un trauma es aceptar que lo tienes, pero Kevin no quiere ni oír hablar del tema. ¡Y nos trae a todos de cabeza! No te puedes ni imaginar el trastorno que supone desplazarle durante los rodajes. He trabajado con él en dos películas desde el accidente y hemos tenido que hacer malabarismos para cumplir con los calendarios, porque mientras todo el equipo estaba preparado para rodar, Kevin estaba montado en algún barco, en un tren o en puñetero autobús.

La desesperación le hizo ponerse rojo, pero hizo una pausa y respiró para relajarse.

—Pero por encima de todo, Kevin es mi amigo y quiero que lo afronte de una buena vez. Él le quita toda la importancia del mundo, nos hace creer que no se siente afectado, pero yo sé que sufre. ¡Volar era su pasión! —exclamó, haciendo aspavientos para darle énfasis—. Y ya de paso, los futuros directores y productores con los que Kevin trabaje en sus próximos proyectos me agradecerán que haya resuelto el problema.

Erie apretó la mano sobre la correa de su bolso. Sus palabras no caían en saco roto, pero no podía participar en aquello tal y como Douglas le pedía.

—Si le convences estaré encantada de poner mi globo a su disposición. Pero hasta ahí puedo involucrarme en este asunto.

Damon exhaló un suspiro de abatimiento.

—Te hizo algo, ¿verdad? —le preguntó.

—¿Si me hizo algo?

—Cuando os conocisteis. ¿Se portó como un gilipollas contigo?

—No, claro que no. Kevin fue un encanto y me trató de maravilla.

—Entonces te lo ha hecho ahora.

Erie se sintió ofendida y así se lo hizo ver.

—Te aseguro que si existiera la más mínima posibilidad de ayudarle a vencer su fobia, haría lo que fuera que estuviera a mi alcance.

—¿Y cómo sabes que no existe dicha posibilidad si ni siquiera lo intentas?

Erie se quedó sin respuesta. Se había expresado con tanta vehemencia que Douglas se había aprovechado de ello para ponerla contra las cuerdas.

—Me temo que me sobrestimas.

Erie agitó la cabeza y echó a andar, pero Douglas caminó a su lado. Al parecer, no iba a desistir hasta que obtuviera una respuesta afirmativa.

—Volar en globo ha sido una experiencia muy interesante. Al principio pensaba que se iba a mover más o que el vuelo no iba a ser tranquilo, pero nada más lejos de la realidad. Ese cacharro se desplaza por el cielo suave como la seda. Ni te das cuenta de que te vas elevando o de que vas descendiendo. Y además se apodera de uno una sensación de paz y de libertad increíble. —Erie observaba su perfil meditabundo mientras se acercaban a su coche. Abandonó su ensoñación y regresó a Kevin—. Solo necesita un empujón, porque sé que en cuanto se suba a esa barquilla y abras al máximo las válvulas de propano, él también sentirá todo lo que yo sentí. Pero a mí no va a escucharme, pensará que solo trato de convencerle. Por el contrario, tú amas el cielo tanto como él, no existe nadie mejor que tú para transmitirle y hacerle recordar todo lo que se siente ahí arriba.

No podía negar que sus palabras la emocionaron y que tocaron su fibra más sensible. Era muy bonito lo que acababa de decir y, lo más importante, podía tener razón. Erie sabía muy bien lo que un día significó para Kevin subirse a un avión y volar, porque para ella significaba exactamente lo mismo.

—Me lo pensaré, es lo único que te puedo decir en este momento. Yo... es una responsabilidad tremenda. Quiero que lo entiendas.

—Te lo agradezco muchísimo, Erie. Y te entiendo, por supuesto. —Se detuvieron junto a su coche—. Estoy seguro de que si tú se lo pides accederá. No sé qué vas a decirle ni cómo se lo vas a decir, pero tengo la corazonada de que funcionará.

—Pues ya sabes algo más que yo.

Capítulo 11

Le vio por la mañana temprano, cuando conducía hacia la carpa. Él iba ataviado con ropas de deporte y corría por la carretera de las afueras, la que bordeaba el pueblo por el norte hacia el parque nacional. Su silueta oscura se recortaba contra un cielo plomizo que ya había comenzado a derramar las primeras gotas de lluvia. La carretera estaba desierta, así que Erie redujo la velocidad y se colocó a su lado. Bajó la ventanilla del copiloto y se inclinó para saludarle.

—Solo a un loco se le ocurriría salir a correr con este tiempo tan revuelto.

—Pues dime otra manera de quemar calorías que no sea en el gimnasio del pueblo.

—¿No te gusta nuestro gimnasio?

—¿Y tener decenas de ojos clavados en mí? Aunque no lo creas, soy un tipo muy tímido.

Erie se echó a reír. Aquello que decía era cierto. No que fuera un hombre tímido, desde luego, pero comprendía que debía de resultar muy molesto que las mujeres de Killarney se le quedaran mirando embobadas mientras hacía deporte en cualquiera de los aparatos que equipaban el gimnasio.

—Además, ya te dije que echaba de menos la lluvia —agregó.

De repente, las livianas gotitas aumentaron de grosor y la llovizna se convirtió en un fuerte chaparrón que tronó sobre la carrocería del coche. Erie tuvo que encender los faros para recuperar la visibilidad que había perdido de golpe.

Volvió la atención a él, pero Kevin no mostró indicios de rendirse a los fenómenos de la naturaleza. Se fijó en que la ropa se le había ido adhiriendo al cuerpo, y ahora marcaba zonas de su anatomía que le dejaron la boca seca. Además, el sonido de sus jadeos se le había ido metiendo en los tímpanos. Eran sensuales, graves, y le erizaron la piel. Kevin se la quedó mirando y, por un momento, Erie sintió que esos ojos profundos podían leerle la mente y conocer el contenido de la calurosa conversación que había mantenido con Shannon unas noches atrás. Y es que su aspecto daba pie a perderse en fantasías que no tenían lugar, al menos, en aquel momento.

Carraspeó y apretó el volante, apartando la mirada momentáneamente de él.

—Todavía hay un buen tramo hasta el campamento. ¿De verdad no quieres que te lleve? A lo mejor no recuerdas que cuando en Irlanda cae un chubasco de estas características las temperaturas descienden unos cuantos grados y el viento empieza a soplar con bastante fuerza.

—¿Y esa preocupación repentina por mi salud?

Erie se encogió de hombros.

—No es repentina.

Él curvó los labios y ella arqueó los suyos.

Kevin se preguntaba si serían capaces de seguir evitándose hasta el momento en que regresara a Estados Unidos. Lo que estaba claro era que la magia que existía entre los dos se acentuaba con cada encuentro esporádico en el campamento, aunque solo intercambiaran un escueto saludo. En cuanto la miraba a esos ojos tan espléndidos o cuando veía asomar alguna de sus sonrisas, tenía que hacer un esfuerzo increíble para no dejarse arrastrar por esa embravecida corriente que le empujaba a ella.

Recién llegado a Killarney, sus emociones hacia Erie eran muy confusas. Habían transcurrido cuatro años en los que su vida había dado constantes giros y en los que había llegado a la certeza de que ninguna mujer volvería a colársele en el corazón, así que pensaba que podría echar un polvo con ella sin que este se viese comprometido. Sin embargo, conforme habían ido pasando los días esas añejas emociones se habían ido clarificando, como si el sol traspasara la niebla de su interior. Y ahora ya no estaba tan seguro de que no quedaría atrapado en sus encantos si volvía a involucrarse con ella de un modo más cercano.

Erie era un peligro para él. Y estaba claro que él también lo era para ella. Entonces, ¿para qué correr riesgos innecesarios? Iba a largarse de allí en unas cuantas semanas.

—¿Sabes por qué no puedo dejar de hacer deporte ni un solo día? —le voceó al viento para que ella pudiera escucharle, pues el fragor de la lluvia apagaba su voz.

—¿Porque eres un *sex symbol* y la industria te exige que cultives tu cuerpo?

Su incisiva ironía le hizo gracia.

—No, no tiene nada que ver con la industria, sino con el servicio de catering que se ha contratado. —Se apartó el pelo mojado que se le había pegado a la frente y se retiró la lluvia de los ojos—. La comida es tan buena que todos los días repito, así que mucho me temo que agarraré unos cuantos kilos como no me encargue de machacar a diario todas las calorías.

—Entonces te vendrá bien seguir quemándolas. Hoy hay *seafood chowder* de primero y estofado de ternera de segundo. Ah, y flan de café de postre —le informó con diversión en la voz.

—¿Lo ves? Es indispensable que continúe mi camino.

Erin seguía pensando que estaba loco. El aguacero era una constante cortina de agua que no dejaba ver más allá de dos metros, pero como sabía que no iba a convencerle, aumentó un poco la marcha y le fue dejando atrás. Había meditado largo y tendido sobre el desafío que le había lanzado Douglas y había llegado a la conclusión de que quería implicarse en él. Podía salir bien o podía salir mal, pero ahora ya no podía quedarse con la duda porque, ¿y si funcionaba?

En el pasado, él había hecho cosas importantes por ella. Él había sido quien le había inyectado la valentía para perseguir el sueño de su vida.

Se lo debía. Tenía que dejar al margen sus sentimientos.

Escuchó que la llamaba y por el espejo retrovisor vio que había acelerado las zancadas. Redujo la marcha para que pudiera alcanzarla.

—Erie... —jadeó al llegar a su altura—. Hoy hacemos una pausa en el rodaje a eso de la una. ¿Me esperas y comemos juntos?

Erie asintió de inmediato.

—Te espero.

Estaba ayudando a Bridget a preparar el flan de café en la cocina de la carpa. Así como la tarta de manzana era la especialidad de Colin, el flan de café pertenecía al reinado de su madre. Y estaba para chuparse los dedos, nunca mejor dicho, porque Erie no podía evitar la tentación de meter el índice en la sabrosa crema una y otra vez, poniendo a Bridget de los nervios.

—¡No hagas eso, niña! —Le soltó un manotazo y Erie se echó a reír—. Sigue batiendo, aún veo grumos.

Siguió sus directrices hasta que la crema quedó compacta y homogénea.

—Menos mal que el tiempo está cambiando —comentó Erie, mirando el cielo a través de la ventanilla rectangular. Había dejado de llover a lo largo de la mañana y el viento había ido impulsando las nubes plomizas hacia el este. Ahora se había aquietado, así que todo presagiaba que la tarde sería espléndida—. ¿Cuándo te vas a animar a volar conmigo?

—Nunca, cariño. Ya sabes que me dan miedo las alturas, yo soy de tener los pies sobre terreno firme.

Bridget había montado en avión un par de veces, y de eso hacía décadas. Fue en su viaje de luna de miel a París. Siempre contaba que no pudo disfrutar de aquellos días porque lo pasó tan mal en el vuelo de ida que anduvo todo el tiempo aterrada ante la perspectiva de enfrentarse al de vuelta. Bridget era un caso sin solución alguna.

Aprovechó el tema de conversación para introducir a Kevin. Tenía que contárselo para que no se imaginase cosas raras cuando les viera comer juntos. Le contó que volar había sido su gran pasión hasta el accidente y que después ya no había sido capaz de volver a subirse a un avión. Le habló de la conversación que había tenido con Douglas Wells hacía un par de días, tratando el tema con voz distante para que Bridget no pudiera sacar conclusiones que pudieran comprometerla.

—A lo mejor descubro que tengo cualidades para tratar aerofobias, ¿te imaginas? —bromeó—. Me sentiría muy orgullosa si consiguiera resultados satisfactorios.

—Me parece precioso que quieras ayudarle, hija, pero ten cuidado y no pierdas la perspectiva —le advirtió.

—¿A qué te refieres con perder la perspectiva?

—¿A qué va a ser? A que Kevin Ridge te gusta más que comer con los dedos.

Erie rio y agitó la cabeza, como si su madre acabara de decir un disparate.

—A mí y a todas, mamá. Pero eso no significa que...

—A ti especialmente. —La interrumpió su madre—. A ver si te crees que no me doy cuenta de lo que pasa a mi alrededor, sobre todo con mi hija.

A Erie se le cortó el buen humor y también las palabras.

—Es normal que te sientas atraída por él, ¿qué mujer no? Es guapo, famoso, rico... Lo entiendo, no soy tan mayor como crees. Pero a ti se te pone un brillo diferente en los ojos cuando lo ves aparecer, así que ten cuidado si estás decidida a hacer eso que dices, no vaya a ser que en lugar de ayudarle a él seas tú la que salga perjudicada.

Bridget no podía ni imaginarse la de veces que

ella había luchado contra ese pensamiento desde que Kevin había llegado a Killarney. ¡Todavía lo hacía! Si lo supiera, se llevaría las manos a la cabeza y le soltaría un sermón para que descartase esa insensata idea.

Pero la decisión era suya y estaba dispuesta a acatarla hasta las últimas consecuencias. Ya no había vuelta atrás.

—Siempre he sido muy consecuente con mis actos y sé que estoy haciendo lo correcto.

—No quiero verte sufrir otra vez.

Erie la miró con dulzura.

—Para la gran mayoría sufrir por amor es una parte inevitable de la vida, mamá. —Acercó los labios a su mejilla y le estampó un sonoro beso—. No te preocupes, todo está bajo control.

Bridget suspiró mientras se secaba las manos en el delantal.

—Tú no te dejes embaucar por sus encantos. También me he dado cuenta de que a él le gustas. Kimberly y Britany no son muy agraciadas físicamente, pero ten por seguro que de la misma forma que te mira a ti, mira a todas las chicas guapas que se cruzan en su camino.

—Mamá, deja de hablar como si él fuera un oportunista que intenta aprovecharse de la chica ingenua y desvalida. Te aseguro que no soy ninguna de las dos cosas. —Le irritaba muchísimo que Bridget la tratara de ese modo en lo referente a asuntos del corazón. Siempre había sido así, pero desde su ruptura con Connor su tendencia a protegerla de los hombres había ido en aumento—. Si llegado el caso sucediera algo entre los dos, sería de mutuo acuerdo.

Volvió a meter el dedo en la crema y Bridget volvió a soltarle un manotazo. Erie profirió una exclamación.

—Perdona que me inmiscuya tanto, cariño. A veces no me doy cuenta de que en los últimos años has madurado muchísimo. Pero, igualmente, prométeme que tendrás en cuenta mis consejos.

—Claro que sí, mamá. Eso siempre.

—Bien. —Sonrió.

Erie vio a Kevin entrar en la carpa, así que se quitó el delantal y el gorro, y se atusó el cabello con los dedos. Le habría preguntado a su madre si estaba bien peinada, pero después de la conversación que acababan de tener no procedía. Le dio un pequeño azote a Bridget en las nalgas y abandonó la cocina.

Algunas veces Kevin acudía a la carpa vestido con las ropas del personaje que interpretaba, pero ese día le había dado tiempo a cambiarse de ropa tras el rodaje. Vestía vaqueros y una camiseta básica, cuyas mangas se pegaban a esos bíceps tan sugerentes.

Erie cuadró los hombros, se hinchó los pulmones de aire y atravesó la carpa hasta el área del bufé, donde se reunió con él. Las miradas de Kevin le estremecían. Le hacían sentir la mujer más bonita e interesante del mundo. Le había visto relacionarse con otras mujeres que habían pasado por el campamento en el transcurso de los días, como la secretaria del alcalde o la concejala de cultura, que también era una mujer guapísima y con mucha clase, pero la chispa que prendía en sus ojos negros cuando la miraba a ella, no había ardido con ninguna otra.

Curvó los labios al llegar a su altura.

—Llegaste sano y salvo al campamento.

—Dejémoslo en que llegué. ¿Por qué no me advertiste de que la nacional 22 se convierte en una laguna cuando cae un aguacero como el de esta mañana?

Su irónico reproche la hizo reír.

—¿No te lo dije?

—No, no lo hiciste. La puñetera carretera desapareció de repente. Me encontré con un tramo en el que no había árboles para guiarme y me metí directo en el fango. ¿Tienes idea de lo difícil que es levantar los pies del suelo cuando se te han pegado a las zapatillas de deporte kilos de barro?

—No, no tengo ni idea —negó divertida.

—Pues nunca se te ocurra probarlo.

—Descuida, no lo haré. No he vuelto a correr desde el instituto, y mucho menos bajo la lluvia. —Hizo un mohín de rechazo al tiempo que agarraba un par de platos hondos en los que servirse el *seafood chowder*—. Debiste hacerme caso y subir al coche.

—Bueno, a pesar de todo, fue una experiencia revitalizante. Aunque mi hombro no opine lo mismo.

—¿Te duele mucho?

Su gesto fue de indiferencia. Erie le conocía y aunque le doliera como si le estuviesen atravesando los músculos con un cuchillo candente, no lo reconocería.

—Nada que no puedan aliviar los analgésicos.

No era la hora de mayor afluencia en la carpa, así que ambos estaban muy expuestos a ojos de los demás. De hecho, cuando Britany le vio detenerse al lado de Kevin y entablar tan animosa conversación, arqueó tanto las cejas que casi le tocaron el nacimiento del cabello, aunque eso no fue nada en comparación con la expresión de sus ojos, que a punto estuvieron de salírsele de las cuencas cuando les vio ocupar la misma mesa, uno enfrente del otro.

Erie intentó obviar lo incómodo que le resultaba causar tanta expectación entre sus empleadas. Metió la cuchara en su plato y lo removió un poco.

—¿Sabes lo que me gustaría, Kevin?

—¿Qué te gustaría? —Sopló el caldo que tomó con la cuchara antes de llevárselo a los labios. Lo probó y puso un gesto de placer—. Delicioso.

—Pues... me gustaría que te pasases algún día por Muckross House.

—¿No es ese el punto de partida de vuestros viajes en globo?

—Así es.

—¿Quieres que vaya para veros volar? —Erie asintió—. Ya lo he hecho, desde el campamento hay una buena panorámica, y con ese colorido tan llamativo los globos no pasan desapercibidos.

—Ya, claro, pero no es lo mismo verlos cuando ya están en el cielo, que asistir a todo el proceso.

Kevin entornó los ojos e incrustó una mirada indagatoria en los suyos. Erie alzó una barrera para que no pudiera ver más allá de sus iris.

—De acuerdo.

—¿De acuerdo? —No esperaba que accediese tan pronto—. ¿Vas a venir entonces?

—Sí, ¿por qué no? —Se encogió de hombros—. Puede resultar interesante.

—¡Genial! —exclamó alegre.

Sin embargo, Kevin continuaba observándola de ese modo, como si sospechase que le invitaba con algún propósito oculto. Erie descendió la mirada hasta su plato, ya que no estaba segura de poder mantener la barrera alzada ante esa persistencia. También detuvo el movimiento de su pie derecho que, inconscientemente, balanceaba frenéticamente por debajo de la mesa.

Tenía la sensación de que Kevin había captado desde el primer momento el verdadero motivo por el que le había invitado a acudir a Muckross House. Y es que él era un actor maravilloso, pero ella era una actriz pésima.

Se había adueñado de la mesa un silencio un

tanto tenso, que él se encargó de romper yendo directamente al tema en cuestión.

—No voy a subir en globo, Erie.

Ella alzó la mirada de golpe y arrugó la frente con gesto inocente. La expresión que él esgrimía era tan categórica que hubo de tragar saliva antes de hablar.

—No… no te he pedido que lo hagas.

—Ya, pero te lo advierto por si acaso se te pasa por la cabeza.

—Pues… —Una sonrisa perezosa y nerviosa agitó la comisura de sus labios—. No se me había pasado.

—No me lo creo.

—¿Ah, no?

Él ladeó un poco la cabeza y negó.

—Bueno, claro que lo he pensado. ¡He invitado a venir a casi todo el equipo! Pero ha sido un pensamiento efímero porque sé que tú no volverías a volar por nada del mundo.

—Así es.

—Lo sé. —Erie no logró que la sonrisa nerviosa le llegase a los ojos, pero sí consiguió que las preguntas que siempre había querido hacerle de tener la oportunidad, atravesasen la barrera de sus labios—. ¿Alguna vez has hecho terapia para solucionar ese… trauma?

—¿Quién dice que quiera solucionarlo? —Se encogió de hombros, con una despreocupación que no podía ser real.

—Bueno, es lo que la mayoría hacemos cuando nos tropezamos con un problema que limita nuestras vidas.

—Hay millones de personas en el mundo con aerofobia y no por ello ven limitadas sus vidas.

—Lo sé, pero en tu caso es diferente porque tú... viajas muchísimo y, además, pilotar siempre fue algo más que una afición para ti.

—Hay barcos, trenes, coches, autobuses.... Y en cuanto a aficiones, tengo otras muchas que llenan mi vida. El hecho de no volar no me hace menos feliz.

Erie hundió la cuchara en el plato y se la llevó a la boca. El *seafood chowder* estaba riquísimo, pero no lo pudo saborear con la misma fruición de siempre. Puesto que habrían sido muchas las personas de su entorno que le habrían ido con la misma cantinela —incluido Douglas—, cabía esperar que su actitud fuera defensiva. Debía de estar muy harto de que todo el mundo opinase sobre ese tema. Harto de que todos lo viesen tan fácil cuando para él debía de ser una condena de por vida.

Examinó la infinita oscuridad de sus ojos aprovechando un momento en que él se servía otra copa de vino. No dejaba ni un solo resquicio por el que ella pudiera colarse para tratar de ablandar esas convicciones tan sólidas.

Se sintió derrotada incluso antes de empezar.

—¿A qué hora vuelves al rodaje?

—Me esperan a las siete. —Kevin sabía lo que estaba a punto de proponerle, así que se adelantó—. ¿A qué hora quieres que me acerque a Muckross House?

Erie se mostró complacida.

—¿Te parece bien dentro de un par de horas?

—Resultará muy sexy ver cómo enciendes los quemadores para inflar la vela —asintió.

Capítulo 12

Se había adelantado a Damon y a Shannon porque estaría mucho más tranquila sin espectadores y sin turistas. Había avisado a su compañero por teléfono para que no se sorprendiera cuando comprobara que el remolque y los globos no estaban en el hangar. Erie lo enganchó a su Nissan y fue hasta Muckross House con las ventanillas bajadas, disfrutando de la tarde veraniega y del olor de las flores que la lluvia había acentuado.

No podía desprenderse de su inquietud, temía hacer o decir algo que pudiera fastidiarlo todo. Desde que Douglas le pidió su colaboración, había consultado alguna página web que trataba el tema de cómo superar el miedo a volar, pero solo encontró explicaciones terapéuticas que no le sirvieron de mucha ayuda y que tampoco se veía capaz de poner en práctica. ¡Ella no era psicóloga! Pero amaba volar y actuaría con Kevin basándose en ese interés mutuo. Le transmitiría su pasión y, si tenía suerte, desempolvaría la suya.

Kevin llegó a Muckross House algunos minutos después en uno de los coches de producción. Lo primero que le llamó la atención al apearse del vehículo fue la vieja mansión victoriana y los increíbles y floridos jardines que se extendían a su alrededor y que, en aquel momento, estaban siendo visitados por un grupo de turistas jubilados.

Guapo e imponente, con la suave brisa acariciando las puntas rizadas de su cabello negro, se acercó a Erie y le dijo que todavía no había tenido la oportunidad de visitar la mansión, aunque sabía que era una de las atracciones turísticas más concurridas de Killarney.

—Este lugar es impresionante. Empiezo a entender que nunca hayas tenido la inquietud de mudarte.

—Aquí tengo todo cuanto puedo desear. —Le hizo una señal para que la acompañase hasta el remolque—. Mis compañeros llegarán más tarde, así que vas a tener que ayudarme a inflar uno de los globos. Primero tenemos que bajarlo y llevarlo hasta allí.

Erie subió al remolque y Kevin se colocó donde ella le indicó.

—Así que no me has invitado como espectador, ¿eh?

—Pensé que te gustaría implicarte un poco más. Será divertido.

Kevin no sabía si sería divertido, pero no dudaba de que fuera a ser estimulante. Con la subida de las temperaturas, Erie se había cambiado de ropa y ahora lucía unos pantaloncillos cortos de color blanco que contrastaban con el tono dorado de sus piernas. Su piel tenía una apariencia tan fina y delicada que parecía porcelana. Pero ahí no acababan las estimulantes vistas. Se había recogido el cabello con varias horquillas y llevaba la nuca despejada. No era una parte de la anatomía femenina que le llamase especialmente la atención, pero un asedio de imágenes en las que besaba ese huesecillo tan encantador le inundó el cerebro. Hasta los tobillos delgados despertaban su interés. Erie no solo era deseo para él. Ni tampoco era solo cariño y afecto. Era inspiración. Era una musa preciosa y radiante que se le colaba por todos los poros de la piel.

Bajaron la barquilla y el gran ventilador, y luego fueron estirando la vela multicolor hasta que quedó completamente plana sobre la hierba. Erie le estuvo explicando cómo se realizaba el método de inflado a la vez que lo ponían en práctica. Primero insuflaron aire frío en su interior con el potente ventilador y, cuando la envoltura ya estuvo parcialmente inflada, Erie accionó los quemadores de propano para introducir el aire caliente.

Y el globo se fue enderezando y desplegando todo su colorido. Una explosión de rojos, verdes, amarillos, lilas y azules se alzaron contra el cielo, arrancándole a Kevin una expresión de embeleso. Veintitrés metros de altura desde el suelo hasta la corona.

—Ya está listo para volar. Los primeros pasajeros no tardarán en llegar. —Le miró de soslayo, él todavía tenía la vista alzada—. Es bonito, ¿verdad?

—¿A cuántos metros de altitud vuela este trasto?

—Por regla general, los mantenemos a una altura entre ciento cincuenta y ochocientos metros, aunque pueden volar un poco más alto. A mí me gusta volar bajo, se aprecian los detalles de las vistas muchísimo mejor. —¿Estaba sonando demasiado animosa? Se obligó a no sonreír tanto, no podía dar la impresión de que le estaba vendiendo la aventura—. Mira, ya van llegando los primeros turistas. —Un grupo de cuatro personas se aproximaba a la explanada por los jardines de la mansión. A lo lejos, también se acercaba el monovolumen con Shannon y Damon a bordo. —Puedes utilizar mi coche para seguirme por tierra. Siempre sabemos donde despegamos pero nunca dónde aterrizamos, aunque tratamos de que sea en un lugar lo más cercano posible al punto de partida.

—¿Quieres que te persiga por todo el parque?

¿Por qué cada cosa que salía de sus labios a ella le sonaba como una insinuación? A lo mejor porque, precisamente, era eso lo que él pretendía.

—Si no tienes otra cosa que hacer…

Se encogió de hombros.

—Soy todo tuyo.

Su voz grave y templada le hizo cosquillas en el estómago y, por un momento, Erie se olvidó de lo que estaba a punto de hacer. Ah, sí. Las llaves del coche. Metió una mano en el bolsillo delantero de sus pantalones y se las tendió. Él no le quitaba el ojo de encima, pero un oportuno mechón de pelo se le escapó de la horquilla y se entretuvo en volvérselo a colocar. Así disimuló que se había azorado y dio tiempo a que sus compañeros llegasen a la explanada.

Les presentó a Kevin y charlaron cordialmente. Ella ya les había puesto al corriente de lo que se proponía hacer y a los dos les había parecido una idea estupenda, claro, que no era ninguno de ellos quienes iban a llevarla a la práctica.

Shannon se hizo un *selfie* con Kevin que subió rápidamente a sus redes sociales, y Damon no se quedó con las ganas de decirle cuáles eran sus películas favoritas aunque no se puso pesado con el tema. Erie también les había advertido de que a él no le agradaban los elogios excesivos. Se hicieron una foto en grupo y Kevin continuó firmando autógrafos y haciéndose *selfies* con los ilusionados turistas que se personaron para emprender la aventura aerostática.

Los dos globos ya estaban listos, y las barquillas fueron ocupadas. Tanto Shannon como Erie dieron unas simples recomendaciones de seguridad a los viajeros antes de abrir las válvulas de propano. Las llamas del quemador dieron vida a la vela y el globo comenzó a elevarse con una lentitud maravillosa, como si bailase un vals con la brisa cálida.

Kevin escuchó los comentarios de los emocionados pasajeros antes de que se apagasen con la altura que iba tomando.

«No se siente nada».

«Qué suavidad».

«Es muy tranquilo».

«Creía que se iba a zarandear más».

—¿Te ha pedido Erie que la sigas? —le preguntó Damon.

Los dos miraban hacia el cielo, contemplando el paulatino ascenso.

—Sí, aunque no me ha dicho si debo hacer algo más aparte de eso.

—Es lo único. Mantenerte lo más cerca posible del globo y no perderlo de vista.

—¿A qué velocidad se desplazan?

—Entre uno y veinte kilómetros por hora, depende del viento. Si sopla más fuerte no podemos volar. —Damon se le quedó mirando. Era un tío grande y fuerte, costaba creer que fuera incapaz de subirse a un globo, aunque entendía que le aterrara la idea de hacerlo después del accidente tan grave que había tenido. Seguro que Erie conseguiría convencerle de que un viaje en globo aerostático no tenía nada que ver con uno en avión. Por la forma en que él la miraba delante de todos, estaba claro que Erie le tenía en el bote—. Vamos a ponernos en movimiento. Yo me reuniré con vosotros después de recoger a Shannon y a los turistas.

Emprendieron el camino. Damon lo hizo en el monovolumen, con el remolque a cuestas, y Kevin en el Nissan de Erie.

Su aroma femenino se había incrustado en la carrocería. Hasta el cuero del volante olía al perfume que ella solía utilizar. Él no era especialmente sensible a los aromas, pero aquella sutil fragancia traía a sus pensamientos emociones prohibidas, de esas que había apartado de su vida hacía mucho tiempo. Las mismas que ahora le mantenían atrapado en el interior de su coche, conduciendo a lo largo de un camino de tierra que seguía la misma dirección del globo.

Durante un momento, se sintió en la piel del antiguo Kevin, el tipo enamorado que hacía cosas bonitas por su chica, pero tanto fue lo que le desagradó la sensación, que su mente repitió una y otra vez la misma sentencia:

«Solo estás ayudando a una amiga. Tampoco es para tanto».

Salvo que esa amiga en absoluto necesitaba su ayuda porque en tierra ya estaba su socio, el que se había quedado con el novio. Le resultaba increíble que Erie tuviera una relación tan estrecha y fluida con el tal Damon, para él sería inconcebible; aunque lo cierto es que admiraba esa capacidad de darle la vuelta a una situación que la perjudicaba para ponerla de su parte.

Contempló el globo, que se deslizaba con lentitud hacia un sol radiante que iniciaba su caída en el horizonte.

La estampa era tan fascinante que los sentidos se le abrieron de par en par, y el alma se le fue empapando de una maravillosa sensación de libertad. Pero, al tiempo, también se le fue calando de envidia. Una envidia visceral que le devolvió el sabor de emociones amargas y paralizantes. Notó que el sudor frío le resbalaba por la columna y le humedecía las palmas de las manos.

Respiró hondo, tratando de alejar aquella basura de su cabeza, pero las sensaciones eran insistentes, impertinentes, y no supo cómo acallarlas. El hombro le seguía doliendo, testigo perenne y cruel de su incapacidad para enfrentarse a sus demonios.

Tomó un nuevo camino que conducía directo al globo que pilotaba Erie, y lo contempló ensimismado. Imaginó el viento acariciando esa cara de ángel, y la felicidad absoluta que inundaba esos ojos azules cada vez que se fundían con el cielo. Nunca podría olvidar aquella tarde a bordo de la avioneta, mientras sobrevolaban Cork. Fue como si ella se hubiese llenado de vida.

No quería imaginarla allí arriba, deseaba verla por sí mismo, contemplarla de cerca. Su alma maltrecha necesitaba el consuelo de la suya, que ahora fuera ella quien le devolviera a la vida.

—Joder... —masculló.

Aborreció ponerse tan sentimental, así que encendió la radio y le dio volumen a una canción irlandesa que le permitió salir de sus ensoñaciones. Y todo se fue estabilizando.

Al cabo de unos cuarenta y cinco minutos, Erie maniobró las válvulas para emprender el descenso. Lo hizo lo más cerca posible a la explanada de Muckross House, valiéndose de las corrientes de aire que impulsaban la travesía. Kevin estacionó el coche muy cerca del punto en el que el globo iba a aterrizar y se apeó. De un modo lento y suave, la barquilla tocó tierra y los dos pasajeros aplaudieron mientras comentaban a viva voz lo mucho que les había gustado la experiencia. Su efusividad era tal que incluso aseguraron que repetirían.

Si no estuviese tan seguro de que aquello no era un complot, habría jurado que los pasajeros eran un par de actores contratados por Erie. A cambio de una cantidad de dinero, ellos ensalzarían las maravillas del viaje delante de él con la finalidad de animarle a subir a la barquilla.

Bueno, de Douglas se habría esperado dicha maniobra, incluso de muchos de sus amigos más íntimos, pero nunca de Erie. Ella no era tan rocambolesca.

Kevin se unió al brindis que hicieron con champán, y Erie explicó de dónde provenía la tradición:

—Los primeros aeronautas de la historia fueron Jean-Francois Pilâtre de Roziers y el marqués d'Arlandes, que volaron sobre París en 1783. Alcanzaron una altura de novecientos metros y recorrieron casi quince kilómetros de distancia, lo cual no estuvo nada mal teniendo en cuenta que nadie lo había hecho antes. Y además consiguieron descender sin ningún tropiezo. ¡La muchedumbre les aclamó! Fue tan grande el acontecimiento que lo celebraron brindando con champán y, desde entonces, en cualquier parte del mundo donde se vuele en globo, se mantiene la tradición de ofrecer un brindis a todos los pasajeros.

Erie alzó la copa y los cuatro hicieron chocar el vidrio antes de llevárselo a los labios.

—Aunque no todo es tan placentero como volar o beber champán. Ahora nos toca recoger la vela, chicos.

Los turistas acometieron la tarea con mucha predisposición, y Kevin también colaboró. Estos no podían creerse que el mismísimo Kevin Ridge estuviera allí presente, ayudando en las labores de recogida como uno más. Erie se lo agradeció varias veces con la mirada, él le transmitió con la suya que lo hacía encantado.

Al cabo de un rato, todos regresaron a Muckross House. Shannon y Damon en el monovolumen, con los cuatro turistas a bordo y los dos globos en el remolque, y Erie y Kevin en el Nissan.

—Ahora que estamos los dos solos y no hay ninguna mujer cerca que te mire embobada —comentó, haciendo alusión a la joven turista que se lo había comido con los ojos durante todo el rato que estuvieron plegando la vela—, ¿qué te ha parecido mi pequeño negocio? —Apartó la vista del camino para enfocarla en él.

—¿Estás segura de que no hay ninguna mujer cerca que me mire embobada?

Erie se mordisqueó la comisura del labio para evitar que se le expandiera la sonrisa.

—Segura. Yo solo veo a un hombre que me observa como si fuera la mujer más atractiva del planeta.

—Porque lo eres.

—Oh, venga... —Meneó la cabeza.

—Hablo completamente en serio. He recorrido mucho mundo y he conocido a cientos de mujeres, pero a ninguna con una cara tan preciosa. —Dejó libres sus instintos y le acarició la mejilla con el dorso de los dedos—. Ni con unos ojos tan brillantes y tan llenos de vida como los tuyos.

Ella volvió a centrar la atención en el camino de tierra. Kevin no estaba siendo adulador porque sí, sino que detectó esa inflexión sincera en su voz que le erizó el vello de la nuca. Erie tragó saliva. Quiso cerrar los ojos para sentir sus caricias sin que nada la distrajese. En cambio, le pidió que parase.

—Deberías dejar de hacer eso porque... —«Porque dijimos que mantendríamos las manos apartadas»—. Porque me descentra de la conducción.

Kevin esbozó una perezosa sonrisa de satisfacción. Seguro que esperaba oír una cosa y había escuchado otra.

—Me ha gustado.

—¿El qué? —preguntó Erie.

—Acompañarte esta tarde y conocer de cerca el funcionamiento de tu empresa. Acariciarte también, desde luego.

Ella dejó que la sonrisa que controlaba se ensanchara, aunque se difuminó con su siguiente comentario.

—Aunque siento decirte que no has logrado tu objetivo.

—Yo no... —negó—. No tengo ningún objetivo.

—Claro que sí. —Sonrió—. Pero no pasa nada, yo en tu lugar habría hecho lo mismo.

—¿Ah, sí?

—Por supuesto. Pero no pienso decirte qué técnica habría utilizado para persuadirte.

—¿Quieres decir que existe una manera de convencerte? —Enarcó las cejas.

—Es posible.

Ya habían llegado al lugar de encuentro en Muckross House. Erie fue frenando el coche al tiempo que le miraba. Una traviesa ironía centelleaba en sus ojos.

—Me estás tomando el pelo.

Kevin se echó a reír. Erie apretó los dientes.

—Ahora en serio. No te molestes, cariño. Soy un caso perdido. —Volvió a acariciarle la mejilla—. Pero te agradezco la intención.

Bueno, al menos había bajado la guardia. Ya no se había puesto a la defensiva como había hecho al mediodía.

Erie no estaba de acuerdo con él, aunque se reservó su opinión. Ella había estado todo el tiempo muy pendiente de sus reacciones, excepto mientras estuvo en el aire, claro, y él no había sido capaz de disimular que ver volar a los demás le producía una terrible nostalgia.

No era un caso perdido. Ni hablar.

Shannon y Damon emprendieron la segunda travesía de la tarde mientras Erie se quedaba en tierra firme. Siempre se turnaban al volante del monovolumen, era lo más justo. Muchas veces habían hablado de que si en un futuro disponían de los recursos suficientes para aumentar el negocio, contratarían a personal de tierra y comprarían un globo nuevo. Pero todavía era pronto para permitirse ese lujo.

Erie acompañó a Kevin hasta el coche de producción.

—Esta noche después de la cena, el equipo ha organizado una fiesta de chupitos de tequila. ¿Te apetece venir? —la invitó.

—¿No es para el equipo?

—Para cualquiera que desee apuntarse.

—Hace siglos que no pruebo el tequila. Se me subía rápidamente a la cabeza. ¡Boom! Como un cohete.

Kevin sonrió.

—Anímate, será divertido. Sobre todo cuando Douglas se ponga ciego y le tire los trastos a Mary. Con suerte, acabarán los dos juntos en su caravana.

—Eso sí que no puedo perdérmelo. ¿Por qué son tan cabezotas y se empeñan en negar lo que sienten?

Kevin se encogió de hombros.

—Miedo, cobardía... —Su mirada se volvió más íntima, y Erie dejó que la traspasara—. Terror a volver a enamorarse.

En el campamento reinaba un ambiente muy festivo cuando Erie se plantó allí en compañía de Kimberly. La joven no había dudado en apuntarse porque no ocultaba que le gustaba mucho Edward, un actor secundario que parecía haberse equivocado de profesión, ya que siempre estaba cantando. Kimberly pensaba que el interés era recíproco y pretendía descubrirlo esa misma noche, aprovechando la ocasión.

La noche fue compasiva. Había estrellas muy brillantes en el cielo y una temperatura que se toleraba perfectamente con una manga de chaqueta que muy pronto estorbaría a muchos, a juzgar por la gran cantidad de botellas de tequila que había dispuestas sobre una mesa de picnic. También había una fuente con limones y otra con sal. Y un montón de gente con ganas de pasárselo bien.

La diversión estaba asegurada.

Kimberly se largó de su lado en cuanto divisó a Edward. Erie buscó a Kevin con la mirada mientras iba saludando a los miembros del equipo, que le dieron la bienvenida por haberse animado a acudir. Vio a Douglas abriendo una nueva botella de tequila cuyo incendiario contenido comenzó a verter sobre los pequeños vasos de cristal que sostenían un montón de manos a su alrededor. Y también vio a Kevin unos metros más al fondo, charlando con un grupo de técnicos. Como si presintiese que ella estaba allí, giró la cabeza y sus miradas coincidieron al instante. Él le hizo una señal con la mano para que se aproximase.

Agarraba un vaso ya vacío, aunque Erie no supo si la desinhibición que mostró con ella al rodearla con un brazo por la cintura y estrecharla contra su cuerpo delante de todos fue a consecuencia del alcohol o no.

Daba igual, a ella le encantó sentirle tan cerca.

Desde que mantuvo con Douglas Wells la conversación sobre Kevin y, sobre todo, desde que tomó la determinación de involucrarse en su proposición, Erie era consciente de que si eliminaba las distancias entre los dos acabaría siendo vulnerable.

Y ya empezaba a notar que sucumbía a esa marea espesa e intensa de sensaciones.

Le miró y él le devolvió la mirada. Candente y afectuosa. No halló por ningún lado esa incapacidad sentimental de la que Kevin le habló el primer día en su caravana, sino que se topó con el reflejo de sus propias emociones asomando a sus ojos negros. No estaba segura de qué la asustaba más.

—¿Nos acercamos a la fuente de la diversión? —le preguntó Kevin, sacándola de sus reflexivos pensamientos—. Tengo el vaso vacío, y tú ni siquiera tienes uno.

Ella asintió, dispuesta.

No se quedaron ni un solo momento a solas, aunque tampoco se separaron el uno del otro. En algunos momentos, él colocaba la mano por encima de su codo o apoyaba la palma extendida sobre su espalda, y Erie sentía que ese simple gesto la acercaba más a él de lo que nunca había estado de otro hombre.

Fue una reunión grupal para festejar que ya se habían rodado más de dos tercios de la película, aunque Kevin le aseguró que cualquier excusa era buena para montar una fiesta. Charlaron con unos y con otros hasta que el alcohol comenzó a hacer efecto y las conversaciones fueron perdiendo sentido.

Erie solo fue capaz de beberse tres chupitos. Un cuarto la habría tumbado. Kevin tenía más tolerancia al alcohol, aunque tampoco se pasó. No se le trababa la lengua como a la gran mayoría. Cuando el contenido de las botellas desapareció, el equipo también se fue dispersando. Andares tambaleantes, pérdidas de orientación, risas incontrolables y tropiezos diversos a la hora de subir a sus respectivas caravanas para dormir la mona. Al día siguiente, el campamento amanecería bajo los efectos de una extraordinaria resaca.

Erie consultó su reloj de pulsera. Pensaba que era algo más temprano, pero las agujas marcaban las once.

—Es hora de recogerse. Gracias por invitarme, Kevin, lo he pasado muy bien.

—No debes conducir en tu estado.

—Si solo he tomado tres chupitos. Me encuentro bien.

—Cierra los ojos, extiende los brazos y luego tócate la punta de la nariz con el índice.

—En serio. —Cabeceó—. No estoy mareada y mucho menos borracha.

Su mirada insistente, que apenas disfrazaba su humor, la obligó a acatar sus órdenes.

—Está bien. —Resopló.

Erie extendió los brazos en cruz pero en cuanto cerró los ojos supo que algo iba mal. Notó que las caravanas giraban a su alrededor. Separó las pestañas un poco, para alejar esa desagradable sensación, pero Kevin la pilló.

—Con los ojos cerrados. Vamos, preciosidad, no es tan difícil.

Se concentró todo cuanto pudo y su dedo índice inició el viaje hacia su nariz, pero notó que este se desvió a medio camino y, aunque se esforzó en recuperar la trayectoria correcta, terminó estampándose en la mitad de su frente.

Erie abrió los ojos con sorpresa y él comenzó a reírse a carcajadas.

—Lo haré otra vez, no es posible que…

Puso ceño y repitió el movimiento. El dedo aterrizó ahora en sus labios, así que no le quedó más remedio que sumarse a las risas de Kevin.

—Daremos un paseo hasta que se te pase.

Le tendió el brazo y ella se agarró a él. Alzaron las manos para despedirse de los que todavía se resistían a ponerle fin a la noche y salieron del campamento en dirección a Port Road. La carretera que bordeaba el pueblo y que lo separaba del parque nacional andaba desierta a esas horas. Al fondo, los potentes focos estratégicamente colocados en torno a la catedral la iluminaban como un faro en mitad de la noche.

Comentaron las anécdotas de la jornada a paso lento, entre risas, disfrutando de la brisa que arrancaba susurros a las hojas de los árboles y que atemperaba el calor provocado por la bebida. Coincidieron en que ninguno se había dado cuenta del momento en el que tanto Douglas como Mary habían desaparecido, ni si lo habían hecho juntos o por separado.

—Espero que el alcohol les haya ayudado a dejarse de gilipolleces y que ahora estén echando un polvo.

—¿Crees que irían tan directos?

—Desde luego que sí, ya han hablado demasiado. Es lo único que han hecho desde que se conocen.

—Han discutido, más bien.

—Hablar, discutir… Da igual. Lo que ahora necesitan es cerrar la boca de una maldita vez y comunicarse con otro lenguaje, ya sabes.

Erie sonrió.

—Hacen una pareja estupenda.

Ella continuaba agarrada a su brazo. Su supuesto mareo les valía como excusa para mantener el estrecho contacto. Los dos sabían que no estaba tan bebida como para necesitar su apoyo.

Erie se sentía de maravilla, quería que la noche se estirase tanto que no tuviera fin. Su mente estaba en perfecta armonía con su corazón. Los tres chupitos de tequila le habían sentado muy bien, habían desterrado la nostalgia y los pensamientos negativos, ¡se sentía invencible! Tal vez, fue por eso por lo que, de repente, se decidió a entrar de lleno en ese tema espinoso que, en circunstancias normales, no se habría atrevido a abordar sin dar antes mil rodeos.

—Quiero que subas en globo conmigo, Kevin.

Capítulo 13

Él se la quedó mirando para comprobar si estaba hablando en serio o si solo se trataba de una broma. No encontró ningún destello de humor en sus ojos.

—¿A qué viene eso ahora? Ya hemos hablado del tema y conoces de sobra mi respuesta.

—Solo hemos dado rodeos. Todavía no me has contado por qué razón te has resignado a que el trauma que sufriste maneje tu vida. Tú no eres así. Tú eres aquel chico que un buen día hizo la maleta y se fue a Estados Unidos con unas cuantas monedas en el bolsillo para labrarse allí un futuro.

—No es resignación, Erie.

—¿Entonces qué es?

—Autodefensa.

—¿Sabes lo remotas que son las posibilidades de sufrir otro accidente?

—No es tan sencillo.

—¿Y por qué no me lo explicas? —le preguntó con suavidad.

Kevin escrutó las sombras que se cernían sobre el límite del parque con el semblante serio y la mirada abstraída. Para él estaba siendo la noche perfecta en la compañía perfecta, incluso el sonido de sus pasos sincronizados sobre el asfalto lo era, pero su percepción acababa de dar un cambio radical al sacar ella ese tema.

Las mujeres con las que había estado después del accidente se conformaban con la respuesta que les daba cuando hacían preguntas que no deseaba contestar. Les decía que no quería hablar del tema y nunca más volvían a insistir. Erie era diferente. Ella mostraba el mismo interés tanto en sus victorias como en sus tragedias.

Observó ese rostro tan encantador que le miraba con ojos afectuosos y llenos de dulzura, que le empujaban a desnudar su alma y enfrentarse a su bloqueo, aunque al hacerlo fuera a desenterrar sus fantasmas. Esos que le recordaban todas sus debilidades.

Kevin respiró hondo y expelió el aire lentamente.

—¿Nunca te has defendido de algo o de alguien, Erie?

—De ti —contestó sin dudar—. Aunque no sirve de nada.

Él sonrió un poco. Ella supo que sus sentimientos eran recíprocos.

—Fue un accidente muy aparatoso —comenzó a hablar con tono pausado, sin saber muy bien hacia dónde le iba a llevar aquello. Era la primera vez que tenía la intención de entrar en detalles con alguien—. Estaba sobrevolando los montes de San Bernardino cuando vi que se incendiaba un motor. Maniobré para perder altitud y me dispuse a buscar un lugar para realizar un aterrizaje forzoso, pero en aquella zona no había más que árboles y montañas. Mantuve la avioneta lejos de estas y seguí descendiendo hasta que escuché el chirrido de las ramas de los árboles contra el fuselaje. Lo último que recuerdo es que me precipité hacia una oscuridad fría y tenebrosa.

Meneó la cabeza. Cuando pensaba en el tiempo que había pasado allí atrapado antes de perder la conciencia, todavía sentía ese frío.

—Cuando volví a abrir los ojos estaba en la habitación de un hospital, tumbado en una cama, monitorizado y hecho una mierda. El más leve parpadeo me provocaba un dolor terrible. Mis padres me dijeron que los cirujanos estaban dando a la prensa un parte médico mucho más edulcorado de mi estado de salud, pero lo cierto es que estuve a las puertas de la muerte. —Notó que Erie se estremecía y que un rictus de angustia torcía la comisura de sus labios—. Nada más llegar al hospital el cirujano de trauma me realizó una operación a vida o muerte. Después pasé una semana en coma inducido para tratar la gravedad de mis lesiones y me sometieron a dos operaciones más. Cuando desperté, ellos todavía no estaban seguros de si volvería a caminar sin secuelas. Tenía sensibilidad en las piernas pero había sufrido múltiples fracturas. Si mi recuperación iba a ser total o no era todo un misterio. Lo único que tenían claro era que el proceso de rehabilitación sería largo y muy costoso. Me estaba jugando mi carrera profesional, ya que nadie volvería a contratarme si me quedaba sentado en una silla de ruedas. Y hubo alguien que no pudo soportarlo.

—Deirdre... —musitó Erie.

—Deirdre —asintió él.

Erie tragó saliva, pero se le quedó atascada en mitad de la garganta, donde se le había formado un nudo de angustia que se la apretaba.

—¿Estabas muy enamorado de ella?

—La quería mucho, sí. Nuestra relación cumplía un año cuando tuve el accidente. Fue mi primera relación larga y seria.

—Pero... ¿pero qué es lo que no pudo soportar?

—Alejarse de los focos, de la fama, de los viajes y de las fiestas, de los estrenos y de los *photocall*. Le aterraba la posibilidad de renunciar a la vida espléndida que habíamos compartido para atarse a un tullido. Lo vi en sus ojos la primera vez que me puse en pie y no pude dar ni un solo paso. Ella se echó a llorar. Algunos días después, me dijo que no podía seguir conmigo.

—Pero eso es... ¡horrible! —Agitó la rubia cabeza. La indignación sublevó sus rasgos—. ¿Y dices que te quería? ¿Cómo iba a hacerlo cuando te dejó en el momento en que más la necesitabas?

—No te cabrees conmigo, cariño —bromeó.

—¿Qué clase de amor es ese?

—Uno muy interesado.

—Y yo que pensaba que no podía haber nada más desleal que una infidelidad... —En un acto reflejo, Erie rodeó un poco más fuerte su brazo, como si necesitase sentirle más de cerca—. Siento que tuvieras que pasar por algo así. Tuvo que ser muy duro.

—Lo fue, no se lo deseo ni a mi peor enemigo. Sin embargo, el dolor trajo algo bueno. Volqué toda mi rabia en la rehabilitación y seis meses después ya caminaba perfectamente. Hice mi primera aparición pública en la ceremonia de los Golden Globe de ese año y, al día siguiente, ella estaba llamando a la puerta de mi casa.

Erie enarcó las cejas.

—¿Qué?

—Quería volver conmigo.

—No puede ser.

—Ya no era un tullido.

—Oh, Dios mío... —Movió tan rápido la cabeza que de no ir agarrada a Kevin se habría caído al suelo. La conversación había enmascarado los efectos del alcohol hasta olvidarse de que todavía estaban ahí—. ¿Y tú qué le dijiste?

—Que se podía largar por donde había venido.

—Es alucinante, ¿cómo se pueden tener tan pocos escrúpulos?

—No lo sé, Erie. Siempre me quedaré con esa duda.

Se hizo el silencio entre los dos. Kevin necesitaba unos segundos para calmar sus emociones, que se habían agitado con el peso de los recuerdos, pero el mutismo de Erie se prolongaba tanto que acaparó su atención. Tenía los ojos húmedos y como no quería que él lo notara, miró para otro lado.

—Eh, ¿qué te pasa? —Se detuvo y la obligó a que le mirara—. ¿Por qué te has emocionado? —Le sonrió con dulzura, al tiempo que le acariciaba la barbilla.

Erie apretó los labios.

—Es que... —Hizo una honda inspiración—. No debí conformarme con que hubieras cambiado de número de teléfono. Me hubiera gustado estar ahí. Debiste sentirte tan solo y tan desdichado...

—No podrías haber hecho nada, cariño. Durante aquellos meses yo era la peor compañía del mundo. —Le retiró la humedad de los párpados inferiores—. Habrías echado a correr —bromeó.

Ella cabeceó.

—Vuestra ruptura fue muy comentada en los medios, pero que yo sepa nunca se mencionó el motivo real. Y, desde luego, a mí jamás se me pasó por la cabeza. —Se retiró las lágrimas de los ojos. Lo que menos necesitaba Kevin era que se tratara ese episodio de su vida desde las emociones tan tristes que ella estaba sintiendo, así que se recompuso y recuperó la entereza—. Siento haberme puesto así.

—Ven, dame un abrazo.

La envolvió entre sus brazos y Erie respiró el aroma cálido y acogedor que emanaba de su pecho. Él le besó la cabeza y ella cerró los ojos.

—Eres un encanto, Erie. No entiendo cómo es posible que ningún tipo te haya echado ya el lazo. Los tíos de Killarney son todos unos imbéciles. —Sonrió contra su pelo—. Y ahora alegra esa cara tan bonita. —Se la tomó entre las manos. Sus ojos ya no estaban húmedos, pero brillaban más que las estrellas—. Ya está superado.

—No es cierto. Si lo estuviera vendrías a volar conmigo.

—Ese es un pequeño daño colateral. Ya te dije que no necesito volar para ser feliz.

—Necesitas hacerlo para ponerle punto y final a esa etapa de tu vida.

—Ese capítulo ya está cerrado.

—Sigue abierto en alguna parte de ti y si no haces nada continuarás arrastrando ese conflicto que tienes contigo mismo.

—¿En estos cuatro años también te ha dado tiempo a estudiar psicología?

Kevin recurrió a la ironía, pero no despistó a Erie.

—Me había quedado en lo superficial, en lo más obvio, pero ahora ya sé de qué te defiendes y no es del miedo a sufrir otro accidente. No padeces aerofobia. Al menos, no es la causa principal de tu problema.

Kevin le soltó la cara y se puso algo más serio.

—Vamos a dejarlo aquí, Erie.

—¿Por qué? Te convendría...

—Sé muy bien lo que me conviene —la interrumpió con cierta sequedad—. He sido yo el que ha decidido hablar de este tema, pero también soy yo el que decide cuándo ponerle punto y final. Y se lo pongo ahora.

Erie se sintió frustrada, pero había llegado demasiado lejos como para rendirse ahora. Mucho menos, después de que él le hubiese abierto su corazón para ofrecerle confesiones tan impactantes. Había dejado de considerar ese asunto como un encargo de Douglas para convertirlo en algo personal, aunque, en realidad, sabía perfectamente que desde el principio lo había sido.

Si supiera qué fibra sensible debía tocar para ponerle de su parte... Aunque, en ese momento, él parecía de todo menos sensible.

—Quiero ayudarte a que recuperes la ilusión por aquello que te hacía tan feliz, eso es todo. Y sé que no bromeabas cuando me dijiste que tú habrías hecho lo mismo por mí. No necesito una carrera de psicología para entenderte, Kevin.

—Regresemos al campamento. Creo que ya estás en condiciones de conducir.

Él echó a andar en la dirección contraria. Sus zancadas eran mucho más rápidas y enérgicas que antes, pero Erie dio unos cuantos pasos rápidos y se puso a su altura.

—Sé que piensas que si vuelves a subirte a un avión, a un globo aerostático o a cualquier aparato que se mueva por el aire, reaparecerán la ansiedad, el dolor, el miedo y todas esas emociones tan terribles que sentiste en aquella época. Pero no tiene por qué ser así. Ahora las circunstancias han cambiado, son diferentes, tú eres diferente y tu vida también lo es. Tienes que romper esa relación que estableciste.

Sus palabras le martilleaban tanto la cabeza que Kevin frenó en seco.

—Ya lo intenté, ¿vale? Ya lo hice y no sirvió de nada. ¡Así que deja de insistir de una jodida vez! —Su rostro adquirió una cualidad casi granítica que las sombras de la noche contribuyeron a realzar. Su mirada implacable le ordenaba que abandonara definitivamente ese camino—. Ya basta, Erie. No quiero que vuelvas a sacar este puñetero tema, ¿queda claro o lo necesitas por escrito?

Erie parpadeó. Su ímpetu la hizo enmudecer y la llenó de frustración. Hizo un movimiento afirmativo con la cabeza.

—Como quieras —musitó.

Guardaron silencio durante el regreso al campamento. Erie caminó cabizbaja, sumida en sus pensamientos. Kevin solo quería llegar a su caravana cuanto antes.

Pasó una noche de mierda. Bucear en el pasado reabrió esa lucha encarnizada con sus conflictos personales. Una lucha que había abandonado hacía mucho tiempo porque sabía que jamás la ganaría. Lo cual le hacía sentir débil como un niño.

Tampoco se sentía orgulloso del modo en que había tratado a Erie. No se merecía que le hubiese gritado. Ella solo pretendía ayudarle, aunque hubiese logrado todo lo contrario, empujarle a una asquerosa noche de insomnio. La culpa era suya, no debió relajarse tanto con ella. No debió permitirle que ahondara en sus miserias porque en el fondo sabía que lo que ella pudiera decirle, le calaría mucho más hondo que lo que le dijera cualquier otra persona. Erie poseía una sensibilidad especial para empatizar con sus emociones a la que él no era inmune.

La madrugada estuvo gobernada por una procesión de sentimientos encontrados, pero con la llegada del alba la rabia fue el que más destacó. Rabia de sus limitaciones. De tener debilidades. De sentir que deseaba pasar cada minuto de su tiempo con ella. Sin embargo, esa rabia también fue un revulsivo que le impelió a tomar una decisión fundamental. De esas que era mejor llevar a la práctica cuanto antes no fuera a ser que se arrepintiera.

Se tomó un café y se dio una ducha rápida antes de abandonar la caravana. El campamento todavía dormía y el sol ya comenzaba a despuntar por el este, prometiendo un espléndido día de verano. Tomó prestado uno de los coches de producción y condujo hacia la nacional 22 con la mandíbula apretada y las manos aferrando el volante como si pretendiera fundirlo entre sus dedos.

Ella le abrió la puerta de su casa con el rostro somnoliento y el cabello revuelto. Llevaba puesto un pijama de tirantes y pantalones cortos, en cuyo frontal había estampado un globo aerostático con dos gatitos subidos en la barquilla.

Menuda ironía.

Pero estaba encantadora. Y muy sexy.

Erie abrió los ojos desmesuradamente al encontrarle en el umbral de su puerta. De todas las personas que esperaría que acudieran a su casa a esas horas tan tempranas, él sería el último de la lista. Sobre todo, después de lo que había ocurrido por la noche.

—¿Qué… qué haces aquí? —Se alisó el pijama y luego se planchó el pelo con las palmas de las manos—. Son las cinco de la mañana.

—Voy a hacerlo y quiero que sea ahora mismo.

Se refiriera a lo que se refiriese, a Erie no le quedó ninguna duda de que estaba muy dispuesto. No habían dormido muchas horas, pero su mirada oscura estaba cargada de determinación.

—¿Qué es lo que quieres hacer? —preguntó con aturdimiento.

—Volar contigo. Vístete, te espero en el coche. —Hizo ademán de alejarse, pero Erie le agarró por la muñeca.

—Pero... ¿ahora?

—Ahora —contestó inflexible.

—No podemos salir a volar sin que haya alguien del equipo en tierra, y...

—No debemos, pero vamos a hacerlo. Tienes cinco minutos.

—¿Cinco minutos? —Sacudió la cabeza—. Antes necesito darme una ducha.

Kevin colocó una mano detrás de su cabeza y acercó la cara a su cuello. Inspiró su aroma hasta llenarse con él los pulmones.

—Hueles de maravilla. No la necesitas.

Él dio media vuelta y Erie se quedó estancada en el umbral, ofuscada, asimilando lo que estaba ocurriendo mientras le observaba alejarse. Su asombro era tan enorme que anuló su capacidad de reacción.

Kevin volvió la cabeza hacia atrás antes de subirse al coche.

—¿Aún estás ahí? El tiempo corre, ¡te quedan cuatro minutos!

Erie voló hacia el interior. De camino a su dormitorio se golpeó un pie con la pata de una silla y estuvo a punto de dejarse el hombro pegado en el marco de la puerta. Lo de los cinco minutos sonaba muy en serio, era capaz de cambiar de idea y de marcharse como se retrasara un segundo. Sacó ropa limpia del armario y se la colocó con rapidez. En el baño se cepilló el pelo y los dientes y, aunque él le había dicho que olía muy bien, se olfateó las axilas. No le había mentido.

Se había duchado por la noche nada más llegar a casa, ya que, después de una discusión, no existía nada más reconfortante que darse un baño caliente. Todavía olía a desodorante y a la crema hidratante que utilizaba después de la ducha.

Tomó una manzana del frigorífico, agarró el bolso y una chaqueta de punto y se precipitó a la calle. No necesitaba tomarse un café, la situación le había despejado tanto que parecía haber dormido un día entero.

Subió al coche, que ya estaba en marcha, y se le quedó mirando con ojos prudentes mientras Kevin metía la primera y se incorporaba al carril. Le daba miedo abrir la boca, no fuera a ser que lo fastidiase todo. Aunque él parecía seguro de su decisión, Erie tenía la impresión de que estaba caminando por la cuerda floja y que cualquier cosa que le dijera podría hacerle perder el equilibrio y caer.

—Llevas la camiseta puesta del revés —le informó él.

Erie se miró el escote, los hombros, y murmuró una palabrota al ver todas las costuras. Con las prisas se la había colocado de cualquier manera. No era momento de mostrarse recatada; además, él tenía la cabeza en otra parte y no iba a fijarse en ella.

Pero se equivocó. Tan pronto como se sacó la camiseta por los hombros, desvió la atención de la carretera para dirigirla a sus senos. Esa opresiva rigidez que le causaba la perspectiva de volar no impidió que un destello de deseo aflorara a sus ojos. Erie sintió el calor de su mirada y agradeció haberse puesto un sujetador bonito.

Tras aquella sugestiva distracción, le indicó la dirección que tenía que tomar para llegar al hangar, y como no fluía ninguna conversación entre los dos, aprovechó el resto del camino para comerse su manzana.

Si Damon o Shannon se enterasen de lo que estaba a punto de hacer le caería una buena reprimenda. No se debía volar si no había alguien supervisando desde tierra. Era una norma estricta que todo piloto tenía que cumplir a rajatabla. Pero aquello era una urgencia, una excepción a la regla. Seguro que Kevin se habría echado atrás si Erie hubiera telefoneado a Shannon o a Damon para que les acompañase, así que ni siquiera se le ocurrió planteárselo.

Una vez en el hangar, engancharon el remolque al coche de producción y salieron hacia Muckross House. A Erie todo empezó a parecerle más real cuando iniciaron el proceso de inflado de la vela. Notaba una excitación tremenda que apenas le dejaba mantener los pies quietos en el suelo, pero procuraba que no se le notase. Él estaba a punto de subir a la barquilla y ella no podía permitir que nada se inmiscuyera en su objetivo, así que continuó comportándose como si estuviesen a punto de dar un paseo en bicicleta por el campo.

Le miraba de reojo de vez en cuando para conocer sus emociones. Los colores del amanecer matizaban la tensión que reflejaba su cara y la barba desaliñada de hacía varios días contribuía a endurecer sus rasgos. Le costaba enfocar la mirada en cualquier punto. Erie podía imaginar cómo se sentía. Ella jamás volvería a pisar el altar de una iglesia en lo que le quedaba de vida.

Se le disparó el corazón cuando el globo ya estuvo listo para que subieran a la barquilla. Tenía la desagradable sensación de que en cualquier momento se retractaría, pero, en lugar de eso, Kevin realizó una honda inspiración, apretó los puños y señaló el globo con un movimiento de cabeza.

—Adelante.

«Oh, Dios mío. ¡Gracias!».

Primero subió Erie y luego lo hizo él. Le tendió unos guantes, siempre los usaban como medida de protección, y le dio unas básicas recomendaciones de seguridad. Ella continuó informándole de aspectos del vuelo que esperaba que le ayudasen a acometer la aventura con un poco menos de ansiedad. Se hacía el duro, continuaba con la mandíbula apretada y la expresión constreñida, pero Erie sabía que estaba al borde de saltar por encima de la barquilla.

—Vamos a ascender a ciento cincuenta metros y nos vamos a mantener a esa altura, es la mínima exigida. Además, la mañana es tranquila. No creo que nos desplacemos a más de diez kilómetros por hora. ¿Estás preparado?

Qué tontería de pregunta. Claro que no lo estaba.

—Abre las válvulas —le indicó.
—Vale —murmuró ella.

Se acercó a los tanques de propano y abrió la válvula de aire caliente, bajo el quemador. Lo hizo despacio, para elevarse lo más lentamente posible. Kevin tenía las manos apoyadas en el borde de la barquilla y se le habían puesto los nudillos blancos. Ojalá supiera qué hacer o qué decir para aliviarle.

Kevin notó que dejaban de tocar el suelo para iniciar el ascenso. Cerró los ojos y controló la respiración, pero estaba mucho menos nervioso de lo que se había imaginado. Agradecía a Erie que no estuviese pendiente de él para evitarle la humillación. Un detalle más que se sumaba a las muchas cualidades que admiraba de ella.

Cuando los volvió a abrir, ella seguía manejando las válvulas. Se habían elevado unos quince metros de altura y la verdad era que casi no lo había notado. Los turistas a los que había visto volar hacía unos días no exageraron cuando manifestaron a viva voz sus sensaciones. Douglas y Mary tampoco. Apenas se apreciaba el movimiento, era como flotar en el aire, como acompañar al viento. Ganaron más altura, las flores de los jardines de Muckross House comenzaron a empequeñecerse, y entonces sucedió algo que jamás hubiera imaginado.

Durante un instante, le embargó una intensa emoción al alejarse de la tierra, una perfecta felicidad que no había vuelto a sentir desde hacía años. Se aferró a ella con uñas y dientes y se concentró en los detalles. Por nada del mundo quería que desapareciese. El soplo del viento en la cara, el cielo al alcance de la mano, el horizonte en llamas, el cosquilleo con sabor a libertad en la boca del estómago...

Estaban a cien metros de altura y continuaban subiendo. Erie encontró una corriente de aire que les impulsó hacia el interior del parque nacional y miró a Kevin de soslayo. Estaba concentrado en la fascinante panorámica que se abría ante sus ojos. Miles de hectáreas de montañas salvajes, bosques infinitos, senderos, ríos, lagos, cascadas y castillos medievales. Y todo señalaba que la estaba disfrutando. ¿De verdad iba a ser tan sencillo? Dejó que se adaptara a la experiencia y se mantuvo en silencio. Era como si Kevin estuviese inmerso en una burbuja de bienestar que ella temía romper si se inmiscuía.

Se sentía dichosa. Sobrevolaban el perímetro del parque a ciento cincuenta metros de altura, y Kevin manejaba la situación como si nunca hubiera existido ningún trauma.

Hasta que todo comenzó a cambiar.

Capítulo 14

La paz y la armonía se desvanecieron tan rápido como habían llegado. De repente, un sudor frío y pegajoso comenzó a empaparle la espalda y las palmas de las manos. Kevin apretó los dientes y batalló para recuperar el control, pero los síntomas fueron empeorando. Ya no pudo concentrarse en la belleza del horizonte en llamas, ni en la sensación de libertad que le infundía el viento, ni en la emoción de fundirse con el cielo. La frente se le perló de sudor y el estómago se le revolvió.

—¿Te encuentras bien?

La voz de Erie le llegó como si estuviera en el otro extremo de un largo túnel. Las pulsaciones se le habían disparado y los músculos se le aflojaron. Se sintió débil y enfermo, se estaba precipitando al interior de un pozo hondo y oscuro.

—¿Kevin?

Preocupada por sus respuestas físicas, se acercó rápidamente a él y le tomó el rostro entre las manos. Estaba blanco como el papel y tenía la mirada perdida, como si estuviese viendo un panorama completamente distinto al que les rodeaba.

—Estás a salvo conmigo. No va a sucederte nada —le dijo con dulzura pero también con decisión—. ¿Recuerdas cuando subimos a la avioneta y volamos sobre Cork? El aire, las nubes, el cielo, el sol, la tierra… ¡Todo era nuestro! ¿Lo recuerdas, Kevin? —Ella le sujetó la cara cuando él hizo ademán de que le soltara—. Céntrate en ello, en todas esas sensaciones tan maravillosas, y no pienses en otra cosa.

—Baja —masculló entre dientes.

—Te estás enfrentando al pasado y lo estás haciendo muy bien. Volar no tiene nada que ver con sentirse menospreciado. —Insistió, sin que sus ánimos por ayudarle decayesen.

—He dicho que bajes de una puta vez, Erie.

—Ahora no podemos descender.

Con un brusco movimiento, Kevin se deshizo del contacto de sus manos y dio un paso desesperado hacia los tanques de propano. Ante el horror de Erie, cerró la válvula de aire caliente para que el globo bajase. Se movían sobre un denso bosque de alerces. Un aterrizaje en aquella zona sería tan arriesgado que sus vidas podían correr peligro.

—Hay que buscar otro lugar para aterrizar.

—Entonces, regresa —le espetó.

—No puedo hacerlo a menos que sueltes las válvulas.

Kevin retiró la mano y ella volvió a hacerse con el control del globo. Insufló un poco más de aire caliente, ya que habían descendido demasiado, y buscó una corriente de viento que cambió el rumbo y les guio de regreso a Muckross House.

Kevin tenía los ojos cerrados y las gotas de sudor le resbalaban por las sienes y la frente. Apretaba los dientes tan fuerte que se le había marcado una vena en la sien. No era la primera vez que se encontraba ante un pasajero que sufría un ataque de ansiedad en pleno vuelo, así que agarró el botiquín de primeros auxilios y le tendió una bolsa de papel cartón.

—Respira hondo dentro de la bolsa. En unos segundos, comenzarás a sentirte mejor.

Él la agarró y la estrujó entre los dedos.

—Olvídalo.

La dejó caer al vacío como si lanzase un lastre. Todavía conservaba algo de dignidad y por nada del mundo permitiría que ella le viera respirar dentro de una puñetera bolsa de papel cartón.

Erie volvió a intentarlo.

—Estás hiperventilando. Si respiras dentro de la bolsa calmarás la angustia.

—Lo único que quiero es que dejes de estar pendiente de mí. ¿Puedes mirar para otro lado, joder?

—¿Prefieres un ansiolítico? Llevo una caja en el botiquín, no es la primera vez que…

—Cállate, Erie. ¡Cállate! —le increpó—. Ocúpate de bajar a tierra y haz como si yo no estuviera aquí! ¿De acuerdo?

—Solo quiero ayudarte.

—¿Solo quieres ayudarme? ¡Pues no lo estás haciendo!

—¿Acaso dejas que lo intente? Si siguieras mis recomendaciones...

—Hacerte caso es lo que me ha puesto en esta situación de mierda —la interrumpió con sequedad.

Se secó el sudor de la frente con el dorso de la mano al tiempo que iban apareciendo el resto de síntomas que ya conocía. Los objetos del interior de la barquilla parecieron oscilar ante sus ojos y sintió náuseas. La sangre le zumbaba en los oídos y ella continuaba mirándole con ese gesto de preocupación que en esos momentos no soportaba. Se dio la vuelta para escapar de su escrutinio, aunque se hubiera sentado si eso no le hubiese hecho sentir más humillado. Mantuvo los ojos cerrados, ya no conseguía mirar abajo sin que le temblasen todos los músculos.

Erie empezó a comprender que reaccionara con tanta acritud. Debía sentir que sus atenciones estaban minando su amor propio. Dejó de hacerlo, ese no era el camino que debía seguir.

Era frustrante verle atrapado en ese estado en el que su realidad estaba tan desvirtuada y sin que hubiese nada que ella pudiera hacer. Ya lo había intentado todo. Bueno, todo no. Erie se olvidó de bolsas de papel cartón, de ansiolíticos y de discursos trillados, y escuchó lo que le decía el corazón. Notó que se le empapaban las palmas de las manos. Se las secó en los vaqueros y dio un paso vacilante en su dirección. Sus zapatillas de deporte casi rozaban las de él cuando colocó la mano en su hombro.

—Kevin...

—¡He dicho que me dejes en paz!

Presionó sus músculos rígidos con la intención de que se girara. Le advirtió de que parara, pero ella insistió. Cuando se dio la vuelta, Erie no esperó a que su boca volviera a cargar contra ella, no le permitió que expresara el enojo que enfurecía su mirada, sino que se puso de puntillas para alcanzar sus labios.

Y le besó.

Notó su tensión, su drama, su miedo e incluso su vergüenza. Su respiración acelerada en la mejilla. Sin embargo, él no hizo ningún ademán de retirarse y ella capturó su labio inferior. Al instante, Erie dejó de sentir ese contacto sublime como una medida paliativa para aliviar el estrés de Kevin, y se convirtió en un acto mucho más profundo y emocional.

Erie cerró los ojos, no quería ver lo que sucedía a su alrededor, pero el resto de sus sentidos estaban bien despiertos. Poco a poco, notó que sus besos dulces obtenían el resultado deseado. Su respiración le llegó más calmada a los oídos. Dejó de oler ese miedo visceral que le paralizaba y la tensión de su abdomen se fue aflojando bajo el contacto de sus dedos. Necesitó profundizar el beso, pero apenas rozó sus labios con la punta de la lengua y Kevin se retiró.

Con gesto tímido, Erie se lamió su sabor mientras le miraba con la respiración contenida. Sus ojos, infinitamente oscuros y turbulentos, la absorbieron. Se contemplaron durante una eternidad, diciéndose tantas cosas que no fue necesario acompañar ese momento mágico con palabras.

Kevin era muy consciente del lugar en el que estaba, las angustiosas sensaciones seguían ahí, pero perdieron relevancia ante la urgencia de volver a besarla.

Le atrapó la cara entre las manos y le recorrió el rostro con una mirada hambrienta. Bajó la cabeza y la besó con la perentoria necesidad de saciar todos sus oscuros vacíos hasta que se llenasen de todo lo bueno que ella ofrecía. Como si fuera lo último que iba a hacer en su vida. Erie sabía a manzana, a ternura, a pasión, a luz que despejaba tinieblas. Sabía a emociones intensas que despertaban y avivaban las suyas. Y también sabía a sexo, a seducción, a sábanas limpias que se impregnaban del sudor del éxtasis… Chupó su lengua, lamió sus labios y acarició cada jugoso rincón de su boca como si pretendiese marcarla con su impronta.

A pesar de la emoción que arrasaba a Erie y que la desconectaba de la realidad, su subconsciente no se olvidó de sus responsabilidades y le envió un mensaje de advertencia. ¡Estaban volando en globo! A regañadientes, tuvo que apartarse de su boca adictiva para echar un rápido vistazo a su alrededor. Muckross House estaba cerca, pero tenía que buscar una nueva corriente de aire que les acercara un poco más. Volvió a mirarle. Sus respiraciones eran jadeos. Los de él sonaban graves y sexys, ya en nada se parecían a esos tan angustiosos de hacía un rato.

Erie le acarició las mejillas, siguiendo la línea de su barba. Él todavía le tomaba la cabeza entre las manos. Se observaban como si quisieran fundirse el uno con el otro. De repente, cautivada por la situación, dejó que su corazón hablase por ella.

—Te quiero —musitó.

Kevin no dijo nada, aunque ninguna palabra era necesaria para que a ella le quedase claro que su confesión no le había agradado. La pasión y el afecto continuaban allí, pero el rechazo también era patente. Sin embargo, no se arrepintió de habérselo dicho.

Agitó la cabeza para alejar su ofuscación.

—Ha llegado el momento de aterrizar.

—Bien. Hazlo.

Erie acudió junto a los tanques de propano. Su cuerpo era un polvorín y su cabeza una maraña de emociones. Le había besado con la finalidad de calmarle y había terminado confesándole que le quería. No esperaba que fuera recíproco, pero tampoco que suscitase en él una reacción tan fría. Suspiró y buscó otra dirección del viento. Bueno, en aquel momento lo más importante era que Kevin sí se había tranquilizado. Ya no sudaba copiosamente y le había regresado el color natural a la tez, aunque había vuelto a cerrar los ojos y a apretar las manos en torno a la barquilla. Ahora también ella tenía el estómago hecho un manojo de nervios, aunque por razones distintas.

Cerca de las explanadas de Muckross House cerró un poco las válvulas para que el globo se fuese enfriando. Encontró varias capas de aire apiladas unas encima de las otras y fue atrapándolas en el momento adecuado. Por último, tiró del cordón de desgarre para abrir la válvula del paracaídas hasta la altura que necesitaba. Conforme se liberaba el aire caliente el globo fue perdiendo altura de un modo suave y controlado. Él sobrellevó el descenso con mucha más entereza de la que se había figurado pero, aunque el aterrizaje fue plácido y sutil, estaba deseando bajarse de ese trasto.

Prácticamente, saltó de la barquilla y se alejó unos cuantos metros para reponerse. La ansiedad no era tan incapacitante como al principio, pero algunos síntomas persistían. Y si a eso añadía que ella le había revelado sus sentimientos... Colocó las manos en las caderas, inclinó la cabeza e hizo unas cuantas respiraciones profundas. La experiencia había sido un desastre. Se sentía como una niña pequeña escondida debajo de la cama ante el temor de que el hombre del saco saliera del armario. Odiaba dar esa imagen de sí mismo delante de nadie, especialmente, delante de Erie. Se sentía avergonzado.

Cuando notó que recuperaba el control, se dio la vuelta.

La vela ya se estaba desinflando e iba cayendo con suavidad sobre el terreno verdoso, al que le dio más brillo con aquel manto infinito de colores.

Erie se le quedó mirando. Curvó un poco los labios al verle repuesto.

—Necesito que me ayudes a desinflarla del todo.

Durante ese proceso, ella trató de comportarse con naturalidad. Habría querido mantener una conversación normal, pero Kevin se mostró parco en palabras y sus contestaciones fueron ásperas y mordientes. Estaba tan serio que su cara parecía una máscara esculpida en granito. No estaba segura de qué le habría afectado más, si la experiencia de volver a volar o su declaración amorosa. Tuvo la sensación de que cualquier comentario que pudiera hacerle sobre una cosa o la otra le haría saltar como un fuego artificial. Prefirió centrarse en lo primero. Erie entendía lo suficiente sobre el orgullo masculino como para saber que el suyo estaba por los suelos. Y para él, no había más culpable que ella.

Tras varios minutos en silencio, Erie lo rompió para adentrarse en el tema.

—Creo que la segunda mitad de viaje no ha

sido tan espantosa. No sé cómo te sientes tú, pero yo me sentiría orgullosa.

Kevin soltó la vela y se irguió. Ahí estaba, la reacción temida.

—Lo único que siento es rabia conmigo mismo por haberte hecho caso. ¡La mierda estaba bien donde estaba, debajo de la jodida alfombra! Tú puedes limpiar tus miserias como a ti te dé la gana, pero no debiste inmiscuirte en la manera en que yo me ocupo de las mías.

Su tono era ominoso, airado, y Erie le hizo frente haciendo uso de toda su artillería.

—¡Oh, vamos! ¿Por qué no dejas a un lado tu amor propio? Has conseguido volar, has logrado controlar el pánico. ¿Qué más da que me hayas mostrado tu lado más vulnerable?

Hizo blanco en la diana.

—No tienes ni idea de lo que estás diciendo.

—Claro que sí. Tú me lo contaste anoche. Deirdre te dejó cuando temió que te quedarías en una silla de ruedas para el resto de tu vida. Puedo imaginar lo duro que sería enfrentarse a eso, ¡entiendo que te sintieras la persona más menospreciada y denigrada de todo el planeta!, pero convertiste tu pasión por volar en la razón de tus desgracias cuando la única responsable era ella. —Cogió aire para poder continuar con su arenga—. Y dicho sea de paso, no todas las mujeres somos iguales que Deirdre. No todas hubiésemos reaccionado del mismo modo. Yo no soy ella, desde luego. Verte vulnerable no va a hacer que salga huyendo.

—Te estás pasando de la raya —le advirtió.

—¿Eso crees? —Ya que se había metido en materia, no iba a parar hasta decirle todo lo que pensaba de él—. ¿Cuántas mujeres han pasado por tu vida en los últimos dos años? Al menos diez, confirmadas por la prensa.

Kevin puso los brazos en jarras. Su enojo se transformó en sarcástica ironía.

—¿Qué pasa? ¿Este numerito que estás montando es porque tú no formas parte de esa lista?

—¿De la lista de mujeres con las que no has tenido nada salvo unos cuantos revolcones en la cama? No, gracias, no quiero formar parte de ella.

—Es mucho mejor que tener un novio gay que te abandona en el altar el día de tu boda para fugarse con tu mejor amigo —le espetó.

Erie se quedó de piedra. No esperaba que la atacase por ahí, ni que lo hiciera de esa manera tan hiriente.

—Eso ha sido muy cruel.

—Ahora estamos en igualdad de condiciones.

—¿Crees que yo he sido cruel? —Enarcó las cejas.

—Creo que eres una entrometida y que no has respetado mi voluntad.

Erie se indignó.

—Yo no te coloqué una pistola en la sien para que subieras al globo. Has sido tú quien ha llamado a la puerta de mi casa a las cinco de la mañana.

—¡Porque me empujaste al borde del desfiladero! —Ella apretó los labios, Kevin se dio cuenta de que le temblaba la barbilla. Dejó de mirarla, porque a pesar de lo enfadado que estaba con ella, consigo mismo y con el mundo entero, le estaba haciendo daño y él no quería hacérselo, al menos, intencionadamente—. Será mejor que me marche —le dijo, algo más calmado—. ¿Puedes arreglártelas tú sola?

Erie asintió. Apenas le salían las palabras y le habló con un hilillo de voz.

—Llamaré a Damon para que me ayude y venga a recogerme. Puedes irte tranquilo.

Pero él estaba de todo menos tranquilo. Tenía que encauzar su rabia de alguna manera y, desde luego, no era quedándose allí. Erie cuadraba los hombros y apretaba los labios, pero la entereza que quería aparentar no era real. Kevin vio que tenía los ojos húmedos y él ya tenía bastante con lo suyo para que ella le hiciera sentir miserable.

En un arranque de determinación, dio media vuelta y atravesó la extensa llanura adyacente a Muckross House a grandes zancadas.

Capítulo 15

Habían pasado unos días desde la discusión pero Erie continuaba sintiéndose triste. Ni siquiera disfrutaba al cien por cien de los vuelos porque encima le recordaban a la calamitosa situación a la que había llegado con él. Tener que encontrárselo a diario y que se saludaran como dos extraños no ayudaba a que su estado de ánimo mejorase, aunque Kevin tampoco era la alegría de la huerta esos días.

Ya no sabía en qué lugar de su cuerpo esconder la tristeza para no tener que dar explicaciones a nadie sobre su estado de ánimo. Podía ocultarla cuando trataba con los empleados del restaurante o cuando se detenía a conversar con algún miembro del equipo de la película, pero era muy difícil enmascarársela a las personas que más quería.

Su madre andaba con la mosca detrás de la oreja. Le había preguntado por el resultado de su hazaña el mismo día de llevarla a cabo. Erie se había encogido de hombros y le había respondido que no había dado resultado. Como había sido muy concisa en sus explicaciones y encima Bridget era experta en leerle las emociones –por mucho que se las ocultase–, estaba todo el tiempo que pasaba en la carpa pendiente de ella.

—No me sucede nada, todo está bien —insistía—. Pensé que podría ayudarle y me equivoqué, por eso estoy un poco triste. Nada más.

—Como no te he visto hablar con él desde entonces…

—Supongo que se siente un poco avergonzado por haber flaqueado delante de mí, por eso me evita. Pero ya se le pasará. Por cierto, ni una palabra de esto a nadie, ni siquiera a papá, ¿vale? Solo faltaba que lo ocurrido se filtrara a la prensa.

—Ni que tu padre fuese un espía de la KGB.

—Pero alguien podría escucharte mientras se lo cuentas. Estamos todo el día rodeadas de gente.

Bridget no se quedaba del todo conforme con sus explicaciones, debía ser cosa del instinto maternal, pero no tenía ninguna intención de contarle toda la verdad por mucho que necesitase el desahogo.

¿De qué habría servido?

Le habría soltado un sermón. Le habría dicho que ya le había advertido de que no se dejase embaucar por él, que por muy avergonzado que él estuviera la que verdaderamente había resultado lastimada era ella. Y luego se preocuparía tanto de su tristeza que Erie se sentiría asfixiada.

No, ni loca le hablaría de sus sentimientos por Kevin Ridge a su madre.

En cuestiones del corazón –y en otras muchas–, no había nadie que la entendiera mejor que Shannon. La misma noche del incidente había cenado con ella en su casa y la había puesto al corriente de todo lo que había ocurrido al amanecer. Incluso que le había confesado que le quería.

—¿Y le quieres? —le había preguntado Shannon.

—Creo que le quiero desde que apareció por primera vez en el restaurante. Ya sé que resulta desproporcionado que tenga sentimientos tan fuertes por una persona a la que apenas he tenido tiempo de conocer, pero es que entre él y yo... entre él y yo hay algo que... —Había entornado los ojos, concentrada en encontrar las palabras que definieran sus sentimientos, pero eran tan difíciles de explicar—. Es como si mi corazón hablase directamente con el suyo. Noto esa conexión entre los dos durante todo el tiempo, da igual lo que estemos haciendo o de lo que estemos hablando. —Movió la cabeza, ofuscada—. Me siento completa cuando él está a mi lado y eso es algo que nunca antes me había pasado, ni siquiera en mis mejores tiempos con Connor.

—Yo diría que estás enamorada hasta el tuétano.

—No quería que ocurriera, por eso me aparté

de él todo cuanto pude —dijo con pesar—. Pero no ha servido de nada.

—¿Y qué piensas que siente él?

—Miedo —contestó sin dudar.

—¿Pero crees que te corresponde?

—Kevin no se permite ninguna clase de debilidad desde que tuvo el accidente, así que lleva puesto un escudo que es muy difícil de penetrar. Y si alguien lo intenta él se aleja, así que no sabría contestar a esa pregunta.

Shannon suspiró.

—¿Cuándo se marcha el equipo? Ya llevan aquí casi un mes, ¿no?

—Se marchan a Escocia dentro de... cuatro o cinco días. Continuarán allí el rodaje durante algunas semanas más y luego regresarán a Estados Unidos.

—¿Y vais a dejarlo estar? Quiero decir, ¿no tenéis pensado hablar de lo sucedido? Hay sentimientos de por medio...

—No tengo ni idea de lo que pasa por su cabeza, pero yo ya no voy a mover más fichas. Le forcé a volar, según él le empujé al borde del desfiladero, y cuando le dije que le quería fue como si acabasen de soltarle un puñetazo en la boca del estómago, así que me quedaré quietecita y me ocuparé de mis asuntos. Tengo una vida entera para olvidarle aunque ahora me parezca que... que es imposible. —Había hecho una pausa. Pensar que en breve él se iría y que solo volvería a verle en la pantalla de un televisor hizo que se emocionase. Shannon le había colocado una mano en el muslo y se lo había apretado con cariño—. De todos modos, nuestras vidas no pueden ser más opuestas. Jamás funcionaría.

—Eso nadie puede saberlo. Los famosos no siempre se emparejan con otros famosos. Hay muchas parejas o matrimonios en los que solo uno de ellos es un personaje público. De hecho, son los que más duran.

—¿Sabes? Preferiría que opinases lo mismo que yo —la había reprendido—; así no me ayudas.

—¡Lo siento! —Le rodeó los hombros y le dio un beso en la mejilla—. Ya sabes que detesto los finales infelices.

Abandonaba la carpa a primera hora de la tarde cuando Douglas Wells salió a su alcance. Le dieron ganas de soltarle un puñetazo en la nariz por haber sido el instigador de la aventura que había derivado en el distanciamiento de Kevin, pero se contuvo. No quería borrar esa mueca de felicidad perenne que esos últimos días decoraba su cara. La noche de la fiesta de chupitos de tequila había terminado con Mary Blumer en su caravana, y se comentaba que esa no había sido la única, pero ambos se hacían los despistados, como si no fuera con ellos el tema. Erie no había tenido la oportunidad de cruzarse con Mary esos días, sus horarios no habían coincidido, pero ahora que tenía a Douglas al alcance no iba a perder la oportunidad de soltárselo.

—Buenos días, Erie. ¿Tienes un momento? —Ella asintió y redujo el paso—. Quería agradecerte que pusieras todo de tu parte para convencer al cabezota de Kevin. Estaba casi seguro de que funcionaría —se lamentó—. ¿Qué sucedió exactamente? Le he preguntado en varias ocasiones pero no quiere ni oír hablar del tema.

—No pudo vencer el pánico. Ya te dije que era mejor que se pusiera en manos de un profesional, si es que acaso quería superarlo.

—Ya, supongo que tienes razón. —Se rascó la frente—. Lamento que se haya enfadado contigo por mi culpa.

—¿Te lo ha dicho él? —Erie se detuvo en seco.

—No quiere que te nombre, así que lo he dado por hecho. —Metió las manos en los bolsillos de los pantalones y se balanceó sobre los talones. Se le veía arrepentido—. Le dije que había sido idea mía y entonces se enfadó todavía más porque se lo tomó como si los dos hubiésemos conspirado contra él. —Chasqueó la lengua—. Ha tenido una reacción descomunal, ¿no te parece?

—Solo él conoce el alcance de sus miedos.

—Claro, eso es cierto pero… Creo que tú le acojonas más que volar.

Erie enarcó las cejas y separó los labios para decir algo, pero las palabras tardaron unos segundos en salir.

—¿Qué quieres decir?
—No creo que haga falta que te lo explique. —Esos ojillos azules eran demasiado avispados como para hacerse la ingenua—. Solo espero que le eche un par de pelotas y haga lo que tiene que hacer. —Le mostró una perezosa mueca de ánimo antes de darse la vuelta para regresar a la carpa.
—¿Como tú has hecho? —Erie le habló a la espalda pero Douglas se detuvo y se giró a medias. Erie le envió una superflua y quisquillosa sonrisa que acentuó el ceño del director. Ella se encogió de hombros—. Es un secreto a voces, lo sabe todo el mundo.
Creyó que se saldría por la tangente pero, para su sorpresa, Douglas fue sincero.
—Kevin es un tío con mucho carisma y según la opinión de las mujeres es bastante más guapo y más alto que yo —bromeó, dentro de la seriedad de lo que quería decirle—. Así que en lo personal siempre ha sido una especie de modelo a seguir. No estaría mal que, por primera vez en todos los años que nos conocemos, tomara ejemplo de mí, aunque tenga que tomarse unos cuantos chupitos de tequila para dar el paso. —Hizo una mueca que marcó unos graciosos hoyuelos en sus mejillas y alzó una mano a modo de despedida.
Le caía bien Douglas Wells, ya se le habían pasado las ganas de soltarle un puñetazo. Quería a su amigo y había hecho todo lo que estaba

al alcance de su mano para ayudarle. Ella habría hecho lo mismo por Shannon.

De camino a casa pensó en todo lo que habían hablado, en especial, en esas palabras que tanto la habían impactado:

«Creo que tú le acojonas más que volar».

Tras el golpe de claqueta, Kevin estuvo soberbio en la escena de la tarde. Rodaban una batalla encarnizada en las cercanías del castillo de Ross y si le hubiesen dejado, él y su espada habrían acabado sin la ayuda de nadie más con las tropas de infantería del ejército contrario. Douglas estaba exultante. Sabía perfectamente que los motivos por los que Kevin actuaba con tanta rabia y pasión eran personales, pero estaban consiguiendo unas tomas extraordinarias. ¡Las mejores de todo el metraje!

Al terminar la escena, Kevin comenzó a quitarse la armadura mientras caminaba hacia su silla de descanso. Estaba empapado en sudor y le dolía el hombro como si le estuvieran atravesando los músculos a puñaladas. Se sintió algo más liviano después de despojarse de toda aquella hojalata, aunque el peso de sus quebraderos de cabeza continuó acompañándole. Douglas se acercó para felicitarle. Chocaron las manos y le tendió una botella de agua que se bebió casi de un trago, y una toalla para que se secara el sudor. Comentó la escena con él y luego le dejó descansar un rato hasta el comienzo de la siguiente.

Mientras apuraba el agua, vio los dos globos aerostáticos al fondo. Estaban suspendidos en un cielo de color índigo y se movían con una lentitud plácida y cautivante hacia el punto del horizonte por el que dentro de un rato se ocultaría el sol.

La echaba de menos. Añoraba su sonrisa, el sonido de su voz, el brillo exultante de sus ojos... Pero sobre todo echaba en falta su luz. Cuando Erie estaba cerca iluminaba su camino, pero ahora que apenas hablaba con ella la luz se había retirado y las tinieblas eran más densas y oscuras que nunca. Mucho más que antes de que llegase a Killarney. Se sentía perdido, desorientado, temía quedarse atascado en ese lugar lóbrego y frío para siempre.

Estaba tan inmerso en sus reflexiones que ni siquiera notó que Mary se había sentado a su lado hasta que ella le habló.

—Bonita estampa, ¿verdad?

Hacía alusión a los globos fundidos en los colores cálidos de la tarde.

—Estamos en Irlanda.

—También hay bonitos atardeceres en Los Ángeles y globos aerostáticos, aunque claro, no los pilota ella. —Mary se le quedó mirando. Kevin apretó la mandíbula, pero no retiró la mirada del horizonte—. Es una chica encantadora. ¡Un cielo de persona! Va a hacer muy feliz al hombre que decida compartir su vida con ella.

—Por Dios, Mary —masculló entre dientes—. ¿Tus indirectas tienen que ser tan obvias?

—A excepción de Douglas y de mí misma, nunca había conocido a nadie con mecanismos de defensa tan consistentes como los tuyos, así que te digo por experiencia propia que es saludable aflojarlos de vez en cuando.

—Te agradezco el consejo y por eso voy a darte otro. —La miró con cara de pocos amigos—. Céntrate en tus mecanismos y en los del idiota de Douglas y dejadme en paz los dos de una puñetera vez.

—También eres muy borde a veces.

—Lo sé.

Mary entornó los ojos, como fulminándole, aunque no se tomaba sus contestaciones ásperas como algo personal. Había cierta confianza entre los dos.

—¿Sabes una cosa? Acabas de darme una gran idea.

Mary se puso en pie casi de un salto, inspiró hondo y comenzó a batir las palmas para capturar la atención de todos los presentes. Kevin la observó con el pecho encogido y a punto de saltar sobre ella como se le ocurriera decir o hacer algo que le concerniese.

—Atención a todos, ¿podéis prestarme un momento vuestra atención? Tengo algo importante que deciros.

Se dirigió hacia Douglas y le agarró de la muñeca. Entonces tiró de él para que levantase el trasero de su silla de director. A su amigo se le desencajó el rostro al enfrentarse a una Mary tan decidida que había acaparado todo el interés del equipo, incluso el de los extras y los curiosos que se agolpaban junto al lago Leane. Ante la mirada atenta de todo el mundo, Mary Blumer colocó las manos en las mejillas aniñadas de Douglas Wells y le estampó un beso en la boca. En menos de un segundo, una algarabía de silbidos, aplausos, vítores y risas reverberaron en los añejos muros del castillo e inundaron de júbilo el parque nacional mientras ambos seguían ahí atrapados, sin ánimo de separarse.

Kevin contemplaba la escena con la boca abierta. Todo el mundo sabía que ambos esperaban a que llegase la noche y el campamento estuviese desierto para moverse a hurtadillas en la oscuridad y encerrarse en una caravana o en la otra; pero, aun así, la sorpresa de verles compartiendo su relación en público le dejó sin palabras. Él también se puso en pie y aplaudió como el resto, pero con más fervor que la mayoría. Douglas era su amigo y un buen tipo, Mary era una compañera de trabajo estupenda y una buena chica, y por fin los muy asnos se habían dejado de gilipolleces para dar el gran paso de estar juntos.

¡No podía alegrarse más!

Mary sonrió dichosa cuando se separó de los labios de Douglas. Él estaba más nervioso que un flan y se había puesto rojo como un tomate, pero Kevin conocía muy bien a su amigo, y era innegable que ese brillo que se le veía en los ojos era el resultado de su felicidad.

Mary hizo entonces ademán de hablar y el alboroto se suavizó.

—Creo que la mayoría ya sabíais que Douglas y yo estábamos viéndonos a escondidas desde la noche de la gran fiesta, pero empezaba a ser un engorro tener que esperar a que todos estuvieseis durmiendo para pasar un rato a solas —bromeó. Hubo risas entre los presentes—. Queremos que sepáis que estamos juntos, que nos queremos y que hemos sido un par de idiotas durante mucho tiempo al empeñarnos en negar lo que sentíamos.

Mary buscó la mano de Douglas y enlazó los dedos. Le miró con dulzura porque sabía que a él le incomodaba la situación, pero el director incluso se atrevió a ir un poco más lejos que ella.

—Como bien dice mi buen amigo Kevin, he sido un auténtico gilipollas en lo que a mujeres se refiere. A muchos os he dado la lata hablándoos de la pelirroja de las grandes tetas o de otras mujeres a las que he conocido en los lugares en los que hemos estado todos juntos, pero solo era una manera estúpida de cerrar los ojos a la realidad. Y no hay más realidad que esta. —Elevó la mano de Mary y le besó el dorso—. Quiero que sepáis que he despertado de mi ceguera y que ya no existe más mujer para mí que ella. —La miró a los ojos y le dijo en un tono de voz que todos pudieran escuchar—: Yo también te quiero.

El gesto levantó más aplausos y aclamaciones mientras ellos se fundían en un nuevo y apasionado beso.

—¡Vamos a echar de menos vuestras discusiones! —vociferó Jeffrey.

—¡De eso ni hablar! —exclamó Douglas—. Mary y yo continuaremos sin ponernos de acuerdo en casi nada, la diferencia es que ahora tendremos unas reconciliaciones épicas. —Su contestación generó más risas—. Y ahora sigamos trabajando. Quiero terminar el rodaje de la siguiente escena antes de que se ponga el sol.

Todos volvieron a sus quehaceres y Kevin se acercó a la feliz pareja. Douglas se le quedó mirando y le señaló la cara.

—Sabía que esto te haría sonreír, so mamón.

—La ocasión lo merece. Eres un cabronazo con mucha suerte, amigo. —Kevin colocó la mano en su hombro y le dio unas palmaditas—. Y aunque a priori cueste creerlo —miró a Mary—, tú también te llevas una *pequeña* joya —ironizó—. Me alegro mucho por los dos.

—Lo sabemos, y te agradezco de corazón que me hayas dado tanto la lata.

Kevin se echó a reír.

—Te aseguro que fue un auténtico placer. Disfrutadlo, tortolitos.

Se encaminó hacia su silla. La maquilladora andaba por allí cerca y tenía que retocarle la cara.

—Kevin —se giró a la llamada de Mary—,

creo que la suerte es para quien la busca. —Y le guiñó un ojo.

La encontró sentada en uno de los bancos del sendero que discurría junto al riachuelo Deenagh. Se había adentrado bastante en el parque, señal de que no quería que nadie la molestara. Con su presencia, ella enfatizaba el aura mágica de aquel túnel de árboles dorados, donde la miel de los haces de luz también tocaba el agua del río, las rocas del lecho y las piedrecillas del camino. Estaba preciosa y se le cortó la respiración cuando ella levantó la mirada del libro que estaba leyendo e hizo contacto con sus ojos.

Nunca, jamás había sentido tantos nervios en presencia de una mujer. Hacer lo que se proponía no era sencillo. Apenas había dormido en toda la noche.

Terminó de recorrer la distancia que les separaba y se detuvo ante ella. Kevin se quedó mirando el riachuelo y las ramas más altas de las copas de los árboles que se unían con las del otro extremo por encima de sus cabezas.

—Es tal y como lo recordaba —comentó con deje de fascinación. Contactó con sus ojos, que reflejaban tristeza desde hacía varios días—. Creía que te vería con el resto de tu gente. Tu madre es una buena anfitriona, una mujer muy jovial y risueña, pero faltabas tú. Todo el mundo ha preguntado por ti.

El rodaje en Killarney había llegado a su fin y el campamento de caravanas ya se estaba desmontando. Los técnicos trabajaban a toda prisa cargando los camiones con todo el equipo y algunos de los involucrados en la película ya habían emprendido el vuelo hacia Edimburgo, el próximo destino de rodaje. Según le habían comentado, Kevin tomaba un barco esa misma noche en el puerto de Cork.

—No me gustan las despedidas, por eso me he tomado el día libre. —Colocó el marcapáginas entre las hojas del libro, lo cerró y lo puso sobre sus rodillas, con las manos apoyadas sobre la cubierta—. Anoche estuve un rato con Douglas y Mary, me encanta que por fin estén juntos.

—Con Douglas y Mary, ¿eh?

—Les he cogido cariño. —Cruzó las piernas pero continuó sujetando el libro. Le temblarían las manos si lo soltaba—. Y era más fácil despedirse de ellos.

Kevin hizo un gesto de asentimiento.

—Para mí tampoco es sencillo, pero no podía largarme de Killarney sin verte una vez más. —Metió las manos en los bolsillos de los vaqueros desgastados y clavó una mirada ceñuda en el suelo. Su inquietud era manifiesta. Ella solo esperaba que soltase lo que había venido a decirle y se marchase de allí cuanto antes. Su presencia la ahogaba—. Siento todo lo que sucedió a raíz del vuelo en globo, no debí decir muchas de las cosas que te dije. Por mucha presión que sintiese no era un motivo para comportarme como un imbécil contigo, y por eso te pido disculpas.

Se miraron. Ella tragó saliva.

—Las acepto.

—Bien... —susurró él—. Douglas me contó que había sido idea suya.

—Es cierto, aunque ni Douglas ni nadie me hubiese convencido de que debía ayudarte si yo no hubiese deseado hacerlo.

Kevin asintió despacio. La carga electrizante de sus miradas era difícil de tolerar, pero también era imposible escapar de ella. Tenía todos los malditos músculos en tensión y notaba que la espalda comenzaba a sudarle. Mientras permanecía enganchado a la mirada dulce, emotiva y expectante de esos ojos tan azules, su corazón tiraba para un lado y su cabeza para el otro. Y él estaba atrapado justo en medio, sintiéndose incapaz de mediar en un conflicto que le parecía irresoluble. Solo podía inclinarse hacia una de las partes, así que... Exhaló un suspiro pesado y se llevó una mano al puente de la nariz, que se apretó con los dedos.

—¿Me das un abrazo? —le preguntó.

Ella se quedó sin reacción. Luego titubeó y, finalmente, dejó el libro a un lado para ponerse en pie.

Le dio ese abrazo, aunque Erie temía que pudiese notar lo rápido que le latía el corazón. Tampoco quería que se percatase de que temblaba, pero por mucho que apretó los dientes mientras él la rodeaba en sus brazos no fue capaz de controlar ninguno de esos síntomas. Kevin le dio un beso en la cabeza y Erie notó que inspiraba su olor, como si tratase de llevárselo grabado en la memoria. Su corazón no era el único que palpitaba deprisa aunque, por desgracia, el de él lo bombeaba la cobardía.

—Eres increíble, Erie Brennan.

Kevin le dio un beso en los labios. Aunque fue breve, ella percibió que tenía el sabor y la textura de todas sus contradicciones. Después le acarició suavemente la barbilla mientras la contemplaba con una mirada que pesaba tanto como la mochila llena de piedras que acarreaba a cuestas.

—Cuídate, cariño.

Eligió el momento en que a Erie se le humedecieron los ojos para emprender el camino de retorno al pueblo.

Capítulo 16

Le preocupó mucho que su casa estuviese patas arriba. Shannon era la persona más pulcra y ordenada del mundo, no podía ver ni un cojín fuera de su sitio, por lo que todo aquel caos solo podía significar que estaba fuera de sus casillas.

Le había abierto la puerta y ni siquiera la había mirado, había ido directa al salón y había continuado revolviéndolo todo. Todas las puertas del mueble estaban abiertas y muchas de las cosas que guardaba dentro estaban desparramadas por el suelo. Las estanterías se habían quedado sin libros y adornos, los cajones de la mesa principal estaban abiertos y revueltos e incluso había levantado los asientos del sofá por si aquello que buscaba estaba debajo de ellos.

Parecía como si un ejército de ladrones hubiera saqueado la casa.

Shannon estaba lívida y no cesaba de moverse de un lado para otro mientras murmuraba palabras indescifrables por lo bajo.

—¿Qué estás buscando, Shannon?

—El álbum de fotografías de nuestra boda. Sé que estaba por algún lugar pero no consigo encontrarlo. —Se precipitó hacia el mueble auxiliar y continuó sacando más cajones para rebuscar en el interior—. ¡Oh, qué idiota! —exclamó de repente—. Ya sé dónde está. En la balda superior del armario empotrado del dormitorio.

Se dirigió hacia allí casi a la carrera y Erie la siguió hasta el umbral. Shannon abrió las puertas del armario de par en par y esgrimió una expresión de triunfo al encontrar lo que estaba buscando. Se puso de puntillas para alcanzarlo y luego volvió a salir al pasillo.

—¿Qué piensas hacer con él?

—Quemarlo —contestó con determinación.

La siguió hasta la cocina y salió detrás de ella a la oscuridad del patio trasero. Shannon arrojó el álbum de fotografías a la barbacoa de obra que tenían instalada allí y luego colocó unas cuantas pastillas de encendido debajo del carbón vegetal.

—Shannon, ¿por qué no dejas esto para después y vienes conmigo dentro? —Se acercó a ella y le acarició la espalda. La muestra de cariño enseguida emocionó a su desorientada amiga—. Vamos a hablar, ¿vale? Cuéntame todo lo que ha pasado, te vendrá bien desahogarte.

Shannon la había llamado por teléfono hacía menos de diez minutos, pero lo único que le había dicho había sido:

—Se ha acabado, Erie. ¡Se ha acabado! —Y le había colgado.

Ahora Erie sabía qué era eso que había finalizado y se le formó un nudo en la boca del estómago. Nunca la había visto tan descontrolada, tan perdida, tan ida... Su cuerpo se movía de aquí a allá, pero tenía la mirada desenfocada.

—No quiero dejar de moverme porque si me detengo... —tragó saliva y meneó la cabeza— me derrumbaré, ¡y no quiero hacerlo!

Agarró un encendedor y arrimó el fuego a las pastillas. Las llamas rojas saltaron y pronto empezaron a engullir el álbum de fotografías de su boda sin que Erie pudiera hacer nada por impedirlo. Shannon se retorció las manos mientras contemplaba las lenguas de fuego arrasando los mejores recuerdos de su vida, y Erie se quedó junto a ella sin decir nada. Su amiga necesitaba realizar ese ritual en silencio, sin intromisiones, y ella le cedió su espacio.

Aquella acción tuvo un efecto nefasto en Shannon. Cuando el álbum ya estaba reducido a cenizas, la imparable energía que la había poseído hasta entonces abandonó su cuerpo de golpe y los hombros se le desplomaron. Las lágrimas acudieron a sus ojos a borbotones y un sollozo desgarró su garganta. Erie envolvió su cuerpo convulso, y como todas las palabras que pudiera decirle sonarían ridículas y vacías, la consoló con reconfortantes caricias.

Un rato después, frente a dos tazas de té que Erie había preparado y que tomaron en el salón, Shannon le contó lo que había ocurrido.

—Hace un rato me ha llamado para decirme que no le esperara para la cena, que iba a llegar tarde. Y ya no he aguantado más sus desplantes. He cogido la copia de la llave que me hicieron en la ferretería y me he plantado en la tienda —tomó un nuevo pañuelo de papel y se enjugó las lágrimas, aunque enseguida volvió a tener las mejillas empapadas—, he entrado con sigilo porque no quería que me oyese y entonces he escuchado los... los... los susurros, los gemidos...

—Oh, Shannon...

—La puerta de la trastienda estaba abierta de par en par y ellos dos, Darcy y el desgraciado de mi esposo, estaban fo-follando sobre la mesa de escritorio. —Arrugó el pañuelo entre los dedos y sucumbió a un nuevo sollozo. Erie no dejaba de acariciarla, pero era un momento demasiado duro como para que encontrara consuelo en unas simples caricias—. No me han visto, yo... no me veía con fuerzas de montar un numerito.

Dejó que continuara desahogándose durante un rato. Luego le dio un empujoncito para que se enfrentase al presente. Ya eran las diez de la noche y en algún momento Niall regresaría a casa.

—¿Qué vas a hacer ahora? ¿Quieres venir conmigo?

—No, no pienso ir a ningún sitio. Ese miserable no va a poner ni un solo pie aquí dentro. —Se sonó la nariz que tenía roja como un pimiento—. ¿Me ayudas?

—En lo que quieras.

Durante la siguiente media hora, las pertenencias de Niall Hogan fueron amontonándose en el jardín delantero. Desde la ventana del dormitorio principal cayeron toda su ropa y sus utensilios de aseo personal, y desde la del salón salió disparada toda su colección de libros de pesca. No era un hombre de acumular demasiados objetos personales, así que pronto terminaron con la faena.

Erie estaba muy orgullosa de cómo Shannon estaba encajando el duro golpe. Las sospechas que arrastraba desde hacía semanas tal vez la habían preparado para enfrentarse a ese momento con tantas agallas, aunque cuando pasase la tormenta estaba segura de que se derrumbaría. Y ella estaría allí para sostenerla, igual que ella había estado cuando Connor la dejó plantada en el altar para vivir su amor al lado de Damon.

Igual que había estado en esas dos últimas y dolorosas semanas.

—¿Quieres que me quede contigo a pasar la noche? —le preguntó.

Shannon negó.

—Esto es algo a lo que debo enfrentarme yo sola, si es que se digna a venir, claro.

—¿Me llamas más tarde?

—A lo mejor estás durmiendo.

—No importa, puedes despertarme.
—Vale.

Se dieron un abrazo junto a la puerta principal. No compartían exactamente la misma clase de dolor, pero las dos tenían el corazón hecho añicos. Ningún abrazo se sentía tan reconfortante como el que te daba alguien que tenía el mismo sufrimiento metido debajo de la piel.

El matrimonio de Shannon y Niall terminó esa misma noche. Shannon le contó el contenido de la discusión que tuvieron en cuanto él llegó a casa, y cómo el muy cerdo le imploró que le diera una segunda oportunidad a pesar de confesarle que hacía meses que tenía una aventura con la dependienta a la que había contratado. Shannon hizo lo que debía hacer. Hablar con un abogado a la mañana siguiente para que iniciara los trámites del divorcio.

Durante los días siguientes, Erie se aferró a la quebradiza esperanza de que si se volcaba en Shannon, su propia tristeza sería más llevadera. Pero nada de lo que hacía servía para alejarla. Se acostaba todas las noches en su compañía, con la expectativa de que cuando despertara le pesara un poco menos, pero por la mañana seguía con ella anclada al pecho y no se separaba de su lado durante el resto del día.

Erie llegó a casa desde el restaurante y se quitó el uniforme para ponerse cómoda. La mañana había sido muy ajetreada. Se había celebrado una fiesta de cumpleaños que había reunido a más de treinta comensales en la misma mesa, y la banda de música de Killarney también se había dejado caer por allí, además de otro montón de clientes a los que los sábados les gustaba comer en el restaurante de los Brennan. Erie no había parado de moverse de un lado a otro y, para colmo, habían tenido un problema con el proveedor del Lusca Cabernet, con el que había tenido que encararse por haber apuntado mal la fecha de entrega del pedido, lo cual derivó en unos cuantos clientes insatisfechos que tuvieron que comer sin su vino preferido.

Tenía los pies hechos picadillo y le dolían los hombros por tanta tensión acumulada. Odiaba ese trabajo. A veces se preguntaba hasta cuándo sería capaz de desempeñarlo.

Se recostó en el sofá con la idea de dormir un rato y encendió el televisor para que su soporífera programación le dejase el cerebro en blanco. Sin embargo, ese día los responsables del noticiario de las tres de la tarde decidieron rellenar contenidos regresando a la noticia del rodaje de la nueva película del actor Kevin Ridge en Killarney, y una fotografía suya invadió la pantalla de su televisión. Iba vestido con la armadura y el castillo de Ross se dejaba ver a su espalda. Tenía las manos colocadas en torno a la empuñadura de la espada y la punta estaba clavada en la tierra. Sonreía.

Ya hacía tres semanas que Kevin se había marchado a Edimburgo y, en todo ese tiempo, había tenido la suerte de no toparse con él en el televisor. Pero era presumible que tarde o temprano aquello ocurriría y que incluso llegaría el momento en que tendría que verle con otras mujeres que se agarraban a su brazo en la alfombra roja. A menos que lanzara el televisor por la ventana.

Tomó aire y agarró el mando a distancia para cambiar de canal, pero su imagen se le había quedado clavada en la retina y la intensidad de sus emociones se multiplicó por mil. Durante la siguiente media hora el ánimo se le desplomó tanto que telefoneó a Damon para comunicarle que esa tarde no saldría a volar. No le contó los motivos, aunque él ya los conocía, por eso mismo la animó a que se tomase un café con él en Lir antes de ir a Muckross House.

Tomaron asiento en la concurrida terraza frente a dos tazas de café. Era finales de agosto y se notaba que las temperaturas habían descendido, pero hacía un día espléndido de finales de verano. A Erie no la animaba que brillara el sol ni que el aire cálido trajera el olor de los árboles y las flores del parque nacional. Casi prefería sumirse en días oscuros y lluviosos porque estaban más en consonancia con su estado de ánimo.

Le contó que Kevin había salido en las noticias de las tres y que aunque solo le había dado tiempo a ver una fotografía antes de cambiar de canal, había sido suficiente para desestabilizarla y sumirla en un estado de apatía todavía más profundo.

—Dime que no siempre voy a sentirme tan desdichada —le suplicó.

—¡Pues claro que no! Pasará, ya lo verás. Todavía es pronto, solo hace tres semanas que se marchó. No te exijas tanto a ti misma.

—A veces envidio a Shannon. —Cabeceó.

—¿Ah sí? —Arqueó las cejas—. Pues a mí no me parece que responda al prototipo de persona a la que envidiar en este preciso momento.

—Es que... Yo sabría cómo afrontar la rabia, la decepción, el asco de enfrentarme a un marido infiel. También supe cómo hacerlo cuando Connor te eligió a ti, aunque al principio no fuera sencillo. Pero superar a Kevin cuando no tengo ni una sola arma con la que luchar... —Clavó una mirada desesperada en la taza—. Hay ratos en los que se me hace insoportable.

—Eso es propio de los amores imposibles, querida. Los idealizamos porque no podemos conseguirlos.

—Pero yo no he idealizado a Kevin. Le amo tal y como es, con sus defectos y sus cualidades, y por todo lo bueno que siempre ha sacado de mí. —Removió el café con la cucharilla y luego bebió un sorbo para aflojar el nudo que se le formaba en la garganta cada vez que le mencionaba, pero el líquido no pudo diluirlo—. En poco tiempo le he conocido muchísimo mejor de lo que jamás llegué a conocer a Connor en el año y medio que estuvimos juntos. Hay momentos en los que no sé qué hacer para que todo sea más llevadero.

—Quedarte en casa no, desde luego. Tú jamás habrías renunciado a pasar una tarde volando por nada del mundo, y menos por un hombre que no te merece.

—¿Por qué no me merece?

—Porque o bien es un cobarde o un completo imbécil —contestó con ceño.

Erie esbozó una sonrisa desvaída.

—Necesito que me vuelvas a repetir que esto pasará.

—Cariño... —Damon colocó una mano en su rostro compungido y se inclinó para besarle la mejilla—. Por supuesto que sí. Un buen día, cuando menos te lo esperes, despertarás por la mañana y sentirás ganas de comerte el mundo. Y cuando eso ocurra y tu corazón esté libre, aparecerá el hombre adecuado y te volverás a enamorar. Es el ciclo de la vida, querida. Nadie puede escapar de él.

—No quiero volver a enamorarme nunca más.

—Ese pensamiento también pasará. —Sonrió Damon. Él también bebió un sorbo de café y, de repente, sus cejas formaron un arco de sorpresa por encima de la taza—. Vaya...

—¿Qué?

—Bueno, a lo mejor no tienes que volver a enamorarte... Mira justo detrás de ti.

Erie se giró y observó la avenida del Este. Lo que vio hizo que se le detuvieran los latidos.

La jerga que emitían los altavoces le estaba poniendo enfermo. Destinos, salidas, tarjetas de embarque, equipajes, pasajeros, horarios, terminales... El corazón le iba a mil y estaba seguro de que llevaba la camiseta pegada a la espalda. Que hubiera tanta gente a su alrededor que reparaba constantemente en él convertía ese momento en una experiencia mucho más espeluznante. Pero no iba a echarse atrás. No podía esperar a la noche para coger el próximo barco que le llevara a Cork. Tenía que ser ahora, en ese preciso instante, porque necesitaba decírselo antes de que fuera demasiado tarde. Un segundo era vital. Era la fina línea que separaba un viaje en coche de regreso a casa de un accidente grave que te postraba en la cama de un hospital con un pronóstico crítico. Que le preguntasen a su compañero Jeffrey.

A todos les había impactado la noticia del accidente de coche que su esposa había sufrido la noche anterior. Había sucedido en Malibú. Se había quedado dormida mientras conducía, había invadido el sentido contrario y había colisionado frontalmente con otro coche. Ahora estaba en la unidad de cuidados intensivos y su estado de salud era crítico, aunque los médicos se mostraban optimistas en que evolucionara favorablemente.

Jeffrey había tomado el primer vuelo hacia Los Ángeles de esa mañana y las últimas palabras que Kevin le había escuchado decir antes de subirse al coche que le llevaría al aeropuerto se le habían quedado clavadas en el pensamiento.

«Si ella se va, yo... Mi vida dejará de tener sentido».

El horror de Jeffrey, ese miedo tan atroz que le desencajaba el alma, hizo estragos en él y, conforme amanecía todo ese desorden emocional con el que convivía desde su accidente de avioneta se fue reajustando. Las piezas se fueron colocando en el lugar que debían ocupar y sus miedos se hicieron más pequeños ante la imperiosa necesidad de volver a verla. De volver a tocarla. De decirle todas esas cosas que su cobardía le había impedido.

Ella merecía que él pasase una hora y cuarenta minutos de agonía. Ese era el tiempo que duraba el vuelo a Cork.

Aunque se le hizo mucho más largo. Eterno.

A los pocos minutos de despegar aparecieron los desagradables síntomas de la ansiedad y antes incluso de que el avión se colocara en posición horizontal, ya eran tan intensos que estuvo a punto de decirle a la azafata que quería hablar con el piloto para que diera media vuelta y aterrizase cuanto antes. Pero cerró los ojos, apretó la mandíbula e intentó aferrarse a su imagen encantadora y añorada y a todo lo que le aguardaba una vez aterrizase. Y resistió, porque por primera vez, el deseo de cumplir un objetivo era más fuerte que todos esos fantasmas que le acosaban cada vez que intentaba alejarse de la tierra.

Mientras duró el vuelo, la azafata se acercó varias veces porque era obvio que no estaba pasando un buen momento. Seguro que estaba más blanco que el papel. Sin embargo, y aunque agradeció sus atenciones, rechazó el ansiolítico que le ofreció y también la carta de bebidas alcohólicas que llevaban a bordo. Como probara una sola gota continuaría bebiendo hasta emborracharse, porque solo estando borracho conseguiría hacer desaparecer la maldita ansiedad. Pero tenía que estar completamente sobrio para cuando el avión aterrizase, así que declinó la invitación.

Llegado ese momento, se puso en pie y caminó medio mareado detrás de los pasajeros que avanzaban por el pasillo de primera clase hacia la salida. Tenía las mismas ganas de salir de allí que si se hubiera quedado atrapado en un ascensor a oscuras durante casi dos horas.

En los aseos del aeropuerto de Cork verificó que su camiseta estaba hecha un asco y que, si se la quitaba, podría escurrirla. Se habría cambiado de haber traído algo de equipaje pero cuando tomó la decisión de comprar el billete de avión ya no quedaba tiempo para entretenerse en detalles menores.

Su aspecto era lo que menos le preocupaba en esos momentos.

Ahuecó las manos, las llenó de agua y enterró

la cara en ellas. Repitió la operación unas cuantas veces hasta que se sintió mejor. Luego abandonó las instalaciones del aeropuerto para buscar un taxi. Podría haber alquilado un coche y conducirlo él mismo, pero la impaciencia por llegar podría haberle llevado a pisar demasiado fuerte el acelerador.

No podía joderlo todo ahora que había pasado lo peor.

Le dio la dirección al taxista y pasó todo el trayecto analizando lo que estaba sucediendo. Le costó reconocerse a sí mismo. En las últimas horas había tomado un avión –algo impensable cuando se fue a dormir por la noche–, y ahora se dirigía a toda prisa –sí, había animado al taxista a que acelerara un poco más–, hacia ese lugar en el que desnudaría sus sentimientos –algo que también era impensable hacía unas cuantas horas–. Pero se sentía bien, mejor que nunca. Era como si hubiese recuperado una parte esencial de sí mismo que hacía mucho tiempo dejó de existir. Su mejor parte.

Estaba deseando llegar a Killarney.

Entrando en el pueblo, la impaciencia apenas le permitía continuar sentado. Y no tuvo que hacerlo. Circulaban por la avenida del Este cuando la vio sentada en una terraza de la plaza Kenmare, frente a la cafetería Lir. Estaba de espaldas a la calle, pero su melena rubia era inconfundible para él. Poco le importó que estuviera en compañía. Se dio cuenta de que se trataba de su amigo

Damon, pero aunque hubiese sido un completo desconocido no habría modificado sus planes. El taxista dio un respingo cuando Kevin le indicó con un exabrupto que se detuviese. Le obsequió con cinco billetes de cien euros y le dijo:

—No se mueva de aquí, no voy a tardar mucho tiempo en regresar.

Después se apeó del vehículo.

Damon Lyons tenía la mirada fija en él, y ella se giró en cuanto su amigo se lo indicó. Kevin cruzó la pequeña plaza en unas cuantas y rápidas zancadas, con la mirada fija en ella, y no esperó a descubrir cuáles eran las emociones que se escondían detrás de esa cara alterada por el asombro.

Aunque lo supo enseguida.

Capítulo 17

No pudo reaccionar. No tuvo tiempo de asimilar la sorpresa, ni hacia qué lado de la balanza se inclinaba esta. No supo cómo debía sentirse. Si tenía que dar saltos de alegría, si debía echar a correr en el sentido inverso, o si era mejor quedarse allí plantada con los hombros bien erguidos, esperando a que llegase a su altura para decirle que se marchara por donde había venido. Aunque dudaba que le saliese la voz llegado el momento.

Él no la dejó pensar. Cruzó la plaza Kenmare en unos cuantos y raudos pasos que llamaron la atención de todo el mundo, tanto de los que daban un paseo por la calle como de aquellos que disfrutaban de una taza de café al aire libre. Su mirada era aplastante, segura, y en ningún momento se desvió de sus ojos. Apreció detalles en él que la confundieron, como que llevara la camiseta arrugada y sudada, o que su pelo estuviese tan revuelto y despeinado. El corazón volvió a latirle, pero de un modo desmesurado, como si fuera a entrar en pánico.

Sus dedos largos se cerraron en torno a su muñeca y tiró de ella hasta que a Erie no le quedó más remedio que ponerse en pie. Entonces recibió su boca mientras sus brazos la rodeaban por la cintura para acercarla a su cuerpo. La besó con dureza, con pasión, con urgencia, con necesidad. Con los cinco sentidos puestos en transmitirle mil sensaciones distintas que la sacaron de golpe de su estado de shock. Erie correspondió a cada uno de sus besos con la misma desesperación con la que él se los daba. Y se olvidó del lugar en el que estaba. No le importaron los murmullos de los curiosos que se dejaban escuchar a su alrededor e ignoró los alegres bocinazos de los coches que circulaban por la vía.

¡Le importó un pimiento convertirse en el centro de atención de todo Killarney!

Se puso de puntillas y le pasó los brazos alrededor de los hombros. Él la estrechó un poco más, ella profundizó el beso, y los dos se devoraron en la plaza de Kenmare frente a una multitud de curiosos que se iba agolpando a su alrededor.

¡Si hasta sonaron aplausos!

Kevin se retiró de su boca apenas unos centímetros y la contempló con una mirada embelesada mientras recuperaba el aliento. Movió los dedos sobre el arco sinuoso de su espalda y esbozó una media sonrisa que hizo que sus ojos azules deslumbrasen.

—Te quiero, Erie. Estoy locamente enamorado de ti. —Hizo una pausa para que su declaración calase en ella. Los ojos se le humedecieron de dicha y él sintió un alivio imposible de explicar. Ella habría estado en su derecho de mandarle a la mierda, aunque tendría que haberle mandado muchas más veces a ese lugar antes de que él desistiera—. No sé lo que es vivir desde que me marché de tu lado. Acabo de bajar de un avión.

—¿Qué? ¿Cómo?

La incredulidad de Erie le hizo sonreír.

—Hora y media de vuelo por ti, porque no podía esperar a que llegase la noche para subirme a un barco. Tenía que verte cuanto antes.

Ella quedó atrapada en la inmensidad de semejante revelación. Que le dijese que la amaba ya era maravilloso, pero que esa confesión viniese acompañada de un acto de amor tan asombroso como el que él había realizado... Y lo había hecho por ella. ¡Solo por ella había sido capaz de enfrentarse al mayor de sus terrores!

La emoción ahogó sus palabras y el pecho se le expandió en una felicidad arrolladora que no había conocido nunca. Pero, de repente, mientras se veía reflejada en esos ojos negros que tanto amaba, Erie tuvo miedo de abrir los brazos y saltar a ciegas. A lo mejor, él solo estaba realizando un ejercicio de sinceridad antes de regresar a

Estados Unidos y olvidarse por completo de que ella existía. Que estuviese haciendo todo aquello no implicaba necesariamente que fuera a prometerle amor eterno e incondicional. ¿No?

Kevin se percató de sus dudas. No le extrañaba que las tuviera. Ella le había dicho que le quería y él lo había ignorado. Si estuviera en su piel, estaría muy cabreado. Pero sus caracteres eran diferentes. Se parecían en todo aquello en lo que debían asemejarse y se diferenciaban en lo que debían distinguirse. Erie era su complemento, y él iba a demostrarle que era el suyo.

—No pongas esa cara, cariño. Juntos haremos que funcione.

—Estás hablando de... ¿el futuro?

—¿De qué si no? —Le dio un beso dulce en los labios—. Esta vez vamos a hacerlo bien. Perdóname por haber sido tan idiota.

La sonrisa de Erie se fue expandiendo hasta que explotó de dicha. Cerró los brazos en torno a sus hombros y le besó una y otra vez, como si necesitase cerciorarse de que Kevin no era un espejismo y de que sus palabras eran tan reales como la gente que se iba deteniendo en la plaza para contemplar la escena.

¡Se estaba llenando!

Erie colocó las manos en sus mejillas y le miró a los ojos, desnudando todo el amor que sentía por él.

—Yo también te amo. —Sonrió, y él la observó con embeleso, de ese modo tan intenso que le fundía el corazón—. ¿En serio has venido en avión? Por tu aspecto diría que sí pero...

—Ahora prefiero que no me lo recuerdes —bromeó. Ella se echó a reír—. Vámonos de aquí. Busquemos un sitio sin público.

—¿Adónde quieres ir?

Kevin acercó los labios a su oreja para que nadie pudiera escucharle, y es que se había formado un silencio sepulcral entre los presentes; estaban todos con el oído agudizado para enterarse hasta del más mínimo detalle.

—A tu casa.

La tomó de la mano y se encaminaron hacia el taxi. El taxista había salido del vehículo y se unió a los aplausos y vítores que comenzaron a sonar en la plaza. La vergüenza estalló en las mejillas de Erie cuando echó la vista atrás para buscar a Damon. Su amigo le guiñó un ojo, pero también vio a Kelsey, Darian, Kirian, Nelson, Patrick, el señor y la señora O´Shea y un montón más de caras conocidas. Se apostaba el cuello a que alguno de aquellos echaría a correr hacia el restaurante para contarles a sus padres en primicia que su querida hija acababa de lanzarse a los brazos del afamado actor en medio de la plaza de Kenmare. Le habría gustado que se enteraran por ella, pero ¿qué podía hacer? Las noticias frescas y sabrosas eran imparables y se extendían por las calles de Killarney como la pólvora.

Se sentía como si estuviese transmitiendo su vida privada en directo, como si llevase escrito en la frente lo que iba a hacer a continuación. Kevin le pasó un brazo por los hombros y la estrechó.

—Bienvenida a mi mundo, cariño. —Le dio un beso en la cabeza y abrió la puerta del taxi para ella. Erie se metió a toda prisa y él se dio la vuelta para hablarle al grupo congregado—. Gracias a todos por la calurosa acogida, pero ahora me la llevo conmigo por si acaso se le ocurre cambiar de opinión.

—¡Si cambia de opinión, llévame a mí! —gritó una joven.

—¡O a mí! ¡Yo también estoy disponible! —vociferó otra.

Kevin movió la cabeza con humor y se metió en el coche. Los aplausos quedaron amortiguados al cerrar la portezuela.

—A Sunnyhill Lower, por favor —le indicó Erie al taxista.

El hombre metió los datos en su GPS al tiempo que Erie enterraba la cara en las palmas de las manos. ¡Estaba tan avergonzada! Él le acarició la nuca con suavidad. Su timidez siempre le había resultado entrañable.

—Esta vez no vamos a escondernos de nadie, cariño. Que se entere todo el mundo, ¿qué más da? La gente tiene que empezar a acostumbrarse a vernos juntos.

El taxi se puso en movimiento y Erie se descubrió la cara. Tuvo el impulso de apretujarse contra él y besarle hasta que le doliesen los labios, pero no quería dar más numeritos en público, así que se conformó con enlazar los dedos a los de él y observarle durante todo el trayecto a casa.

Era increíble lo bien que se entendían con el lenguaje de los ojos y la cantidad de información que compartieron sin necesidad de despegar los labios.

Estaba nerviosa como un flan cuando introdujo la llave en la cerradura de la puerta de casa. ¡Le temblaban las manos! Él colocó la suya encima, mitigó su temblor y la llave giró sin problemas. Entraron en el salón.

—¿Quieres tomar algo? ¿Un café, un refresco, un Lusca Cabernet... un vaso de agua?

Kevin cerró la puerta y negó.

—Solo te quiero a ti.

Se acercó a ella, colocó una mano en la parte posterior de su cabeza y le devoró la boca. Sus labios se movieron exigentes y sus lenguas se unieron en un ritual delicioso y ardiente.

—Vamos a la cama —susurró Erie.

—Vamos.

Los ojos de Kevin brillaban y su voz fue un susurro grave y desesperado que echó más leña al incendio que le consumía el cuerpo. Erie recorrió la casa con él pegado a su espalda, con sus labios moviéndose por su cuello hasta hervirle la piel, con sus manos grandes que se deslizaban por su vientre y le ahuecaban los senos. No supo cómo fue capaz de llegar al dormitorio.

Se besaron a los pies de la cama mientras las

manos sedientas exploraban el cuerpo del otro. Kevin le deslizó los tirantes del vestido a Erie por los hombros y continuó arrastrando la tela hasta que, pasadas sus caderas, lo dejó caer al suelo. Se retiró para contemplarla, pero no había suficiente luz en el dormitorio. Él quería ver cada minúsculo detalle, necesitaba conocerla al milímetro. Se digirió a la ventana y apartó por completo la cortina. Llevaba un conjunto cómodo y práctico de lencería blanca que no distraía su belleza. Era preciosa. Y era suya. Disfrutó de ese sentimiento de posesión mientras regresaba a sus amorosos brazos. Aquella era una experiencia nueva para él. Era la primera vez en su vida que ya amaba a una mujer antes de acostarse con ella.

La emoción, la expectación y la impaciencia eran tan grandes que no sabía cómo manejar todo el conjunto sin atropellarse.

Kevin se sacó la camiseta por los hombros y ella también contempló su desnudez con la mirada prendada. Su cuerpo era muy viril. Los músculos eran largos y fibrosos, naturales, y en sus pectorales nacía una suave capa de vello. Le agradaba que Kevin no hubiese entrado en la moda de depilarse de arriba abajo. También vio la cicatriz que atravesaba su hombro izquierdo, recuerdo imborrable de su accidente de avión y de ese pasado del que por fin comenzaba a liberarle. Se la besó con dulzura y luego le acarició los abdominales con la punta de los dedos, fascinada por su forma de tableta de chocolate. Nunca había tocado ninguna.

—Eres mucho mejor que en la pantalla grande —susurró absorta.

—Y tú eres muchísimo mejor que en mis fantasías —aseguró.

Kevin continuó desvistiéndose. Se deshizo de los pantalones y arrojó los boxers a un lado. Erie notó una oleada de calor que le subió por las piernas. Su pene tenía unas dimensiones muy generosas y apuntaba al techo en un ángulo majestuoso. Buscó su boca y la besó una vez más.

—Tócame, Erie —susurró contra sus labios hambrientos.

Ella apretó el miembro contra su vientre y acarició su férrea textura con una emoción que le rebasaba el cuerpo. La respiración de Kevin se volvió errática y un gemido ronco vibró en su garganta.

—Te deseo —susurró ella.

—Y yo a ti. No te haces a la idea de cuánto.

Le desabrochó los corchetes del sujetador y le ahuecó los senos desnudos. Los adoró con la mirada antes de inclinarse para besarlos. Al tiempo, metió los dedos bajo el elástico de sus braguitas y deslizó la tela por las caderas. Se arrodilló ante ella. Sus ojos negros desprendían llamaradas de fuego. Sus labios también ardían cuando depositó un beso en el monte de venus.

Necesitaba que la tocara y que la besara donde ningún otro hombre la había tocado o besado jamás. Le urgía alimentarse de sus besos y que sus manos llenasen de vida cada centímetro de su piel. Necesitaba llenarse de él, que cubriera todos sus vacíos y que hiciera que su alma estallase con la suya. Quería fundirse en Kevin y que Kevin se fundiera en ella.

Le colocó las manos en la cara y le alzó el rostro.

—Hazme el amor —musitó.

—Después, ahora tengo otros planes.

—La tarde es larga —repuso.

Tiró de él hacia la cama y se dejó caer. Kevin se acomodó entre sus piernas y le enmarcó la cabeza entre los antebrazos. Ella nunca se cansaba de mirarle. Él tampoco.

—Si supieras cuántas veces he imaginado esto… —murmuró ella.

—¿Ah sí? ¿Has tenido fantasías sexuales conmigo?

—Un montón de veces.

—Cuéntamelas.

—Son cientos.

—Pues cuéntame alguna.

Kevin le besó el cuello y lamió la piel, bajo la que se apreciaban sus pulsaciones aceleradas.

—A veces he imaginado que… que lo hacíamos dentro de la barquilla, a 500 metros de altura.

Kevin soltó una carcajada ahogada.

—¿Es eso cierto?

—Sí —susurró.

—Pues esa fantasía tendrá que esperar. —Le

tomó la cara entre las manos y profundizó en sus ojos—. Yo también las he tenido contigo, sobre todo, desde el día en que me dejaste plantado en la caravana. No hubo nada que me sirviese para apagar el incendio que provocaste en mí.

—¿Y cómo son? —inquirió encantada.

—Sucias, depravadas, tórridas. Tendré que convencerte para que me dejes llevarlas a la práctica.

De los labios de Erie escapó una suave carcajada mezclada con un sedoso jadeo de placer.

—No vas a tener que convencerme. Es más, por todo lo que me has hecho sufrir, más te vale que te esmeres.

—Vaya, no conocía esa faceta tuya tan lujuriosa. —Le mordisqueó la barbilla.

—¿Y qué opinas de ella?

—Que me encanta.

Kevin apretó la pelvis contra la unión de sus muslos y le besó la boca. Poco a poco, se fue deslizando dentro de ella. Era estrecha y estaba desentrenada, pero al mismo tiempo le acogió con fervor. Erie agarró la sábana y la arrugó entre los dedos.

—Pero… ¿solo sucias, depravadas y tórridas? —gimió.

—Sabes que no —le contestó—. Te quiero.

Esos ojos azules tan grandes le miraron con devoción. Kevin balanceó las caderas y buscó el compás que más les satisfizo. Lento y suave.

La contempló sin decir nada y el corazón se le fue llenando de sentimientos que le robaban el aire. No era el momento más adecuado para ponerse a pensar en sus conversaciones con Douglas, desde luego, pero había una que no pudo evitar que le viniera a la cabeza. Recordó las veces que le había dicho que nunca volvería a amar a una mujer, ¡como si debiera sentirse orgulloso de ello! Le habían pasado muchas cosas buenas en la vida, pero, sin duda alguna, una de las mejores había sido enamorarse de Erie Brennan.

Ella vibraba bajo su cuerpo. Sus manos se arrastraban sobre los músculos de su espalda y sus dedos le apretaban los glúteos, participando en los ritmos. Él estaba atento a todas las señales que ella emitía para darle lo mejor de sí mismo. Igual que hacía ella. Supo cuándo debía aflojar y cuándo acelerar para que llegasen juntos al estallido de esa bomba de placer que ya se vislumbraba.

En el sexo también se entendieron de maravilla.

Llegado el momento, ella se arqueó bajo su cuerpo y jadeó su nombre. Nunca había subido tan alto ni tan deprisa. Kevin enterró la cara en el hueco de su hombro y todo comenzó a girar deprisa. Muy deprisa.

—¿Por qué has tomado la decisión de venir hoy? —Le miró—. ¿Qué ha convertido este día en especial?

Kevin le contó lo que le había sucedido a la esposa de Jeffrey la noche anterior.

—Se echó a llorar como un niño delante de mí. Tuve que ayudarle a preparar el equipaje porque él estaba ausente. Verle roto de dolor me impactó tanto que me he pasado casi toda la noche en vela, dándole vueltas a la cabeza. Amanecía cuando sentí que despertaba de un largo letargo, como si una parte de mí hubiera seguido en coma durante estos cuatro últimos años y, de repente, volviera a la vida. Entonces agarré el móvil y compré los billetes de avión para el primer vuelo a Cork. —Kevin depositó un beso en su frente. Ella le acariciaba el costado y le observaba. Su aliento cálido y pausado le calentaba el cuello—. Ni siquiera he tenido tiempo de preparar algo de equipaje. Le he dicho a Douglas que modificara los planes de rodaje, que iba a ausentarme durante el resto del día, y he salido corriendo al aeropuerto. Creo que ha adivinado lo que me proponía, porque no se ha puesto como un energúmeno —bromeó. A continuación, su voz se volvió más grave, más reflexiva—. Un segundo puede ser crucial y decisivo en la vida de cualquiera. Puede cambiártela por completo. Y yo me he dado cuenta de que necesito estar contigo todos y cada uno de los segundos de la mía. O todos los que tú puedas darme.

A Erie le conmovieron tanto sus palabras que temió que se echaría a llorar. Se acurrucó un poco más contra su cuerpo y se abrazó a su torso desnudo como si fuese una tabla salvavidas. Deseó con todas sus fuerzas que la esposa de Jeffrey se recuperase. Era curioso cómo de una tragedia tan terrible podía surgir algo bueno. La vida estaba llena de contradicciones.

Kevin volvió la cara y se besaron en los labios. La pasión de las últimas horas se había vuelto ternura y serenidad. Se habían quedado en la cama toda la tarde. No había ningún lugar mejor al que ir. No existía nada mejor que hacer que permanecer allí. Tumbados, desnudos, abrazados. Contándose mil cosas. Deseando que el tiempo se detuviese.

—¿Has pensado en... cómo vamos a hacerlo? —El tono de Erie surgió dudoso y preocupado.

—Tengo unas cuántas ideas.

—Amo Killarney, eso ya lo sabes, pero a ti te amo más. Ahora sí estoy preparada para seguirte a cualquier parte del mundo. Hay empresas de vuelos en globo por todo el planeta.

—No tendrás que hacerlo. —Erie alzó la cabeza para poder mirarle de frente. Kevin le colocó detrás de la oreja un mechón dorado de cabello—. Estoy cansado de vivir en Los Ángeles. En lo personal, esa ciudad no me aporta nada en absoluto. Voy a establecerme aquí, en Killarney, porque de todos los lugares del mundo en los que he estado, en ninguno se vive mejor que aquí.

—Pero... Tu trabajo está muy lejos...

—Mi trabajo está en todas partes, allí donde se ruede una película. En Los Ángeles tengo un agente excepcional que se ocupará de todos mis asuntos. Viajaré cuando esté involucrado en algún proyecto, pero el resto del tiempo estaré en Killarney. Contigo. —Le dio un golpecito con el índice en la punta de la nariz para hacerla reaccionar—. Además, tengo pensado superar mis fobias, por lo que ya no perderé tantos días de viaje a bordo de un barco o en la carretera.

—¿En serio vas a fijar tu residencia aquí? ¿Es lo que realmente deseas? Porque no quiero que te sientas presionado a tomar una decisión tan importante por mi culpa. Acabo de decirte que estaría dispuesta a marcharme contigo y…

Ahora Kevin colocó el dedo sobre sus labios, para indicarle que callara.

—Soy irlandés, ¿recuerdas? Desde que mis pies aterrizaron en el aeropuerto de Los Ángeles con la idea de establecerme allí, supe que sería temporal y que algún día regresaría a mi tierra. —Se encogió de hombros—. He conseguido todo lo que me propuse y ahora estás tú, mi preciosa irlandesa. Ha llegado el momento de volver a casa.

Ella resplandeció de felicidad y volcó su alegría en él. Se encaramó a su cuerpo y le estampó efusivos besos por toda la cara que culminaron en un abrazo silencioso, emotivo, en el que sus corazones quedaron sellados.

Unos cuantos días después, el trabajo por tierras escocesas finalizó según lo previsto. El equipo disponía de una semana de descanso antes de incorporarse al tramo final del rodaje en Estados Unidos, y Kevin aprovechó el receso para regresar a Killarney.

Se moría de ganas de estar con ella. Solo habían podido pasar unas cuantas horas juntos, ya que él tuvo que regresar a Edimburgo en el primer vuelo de la mañana siguiente. Las llamadas telefónicas eran diarias y larguísimas, pero sabían a poco y no hacían más que exacerbar la impaciencia por volver a verse.

Por tercera vez consecutiva hubo de subirse a otro avión con destino a Cork. La experiencia de volar continuaba siendo un puñetero incordio, pero empezaba a controlar la ansiedad para que no se volviera tan incapacitante. Sabía que no era más que una conducta aprendida, una relación establecida por él que debía romper. Porque volar no tenía nada que ver con el hecho de sentirse ultrajado y menospreciado por el amor materialista y cobarde de Deirdre. Tenía que ver con ojos azul cielo. Con abrazos y besos que le fundían el alma. Con esas sonrisas cálidas que le alteraban las pulsaciones.

Tenía que ver con el amor desinteresado e incondicional de Erie.

Ella fue a recogerle al aeropuerto de Cork. Le echó los brazos a los hombros nada más verlo aparecer por la terminal y él la alzó contra su cuerpo mientras se la comía a besos. Tenían la tarde programada. Kevin quería resolver unos cuantos asuntos antes de partir a Estados Unidos, pero existían prioridades, tareas mucho más estimulantes que no podían postergarse.

Abandonar la cama supuso un esfuerzo titánico por parte de los dos, pero tenían una cita con la agente inmobiliaria de la zona, con la que habían quedado para ver un par de casas a las afueras. Erie le había dicho que no era necesario comprar ninguna, que su casa era lo suficiente espaciosa para los dos, pero Kevin había visto fotografías por Internet de esas dos propiedades que la agente estaba a punto de enseñarles y había quedado fascinado.

—Además, tu casa no es espaciosa. Solo es un poco más grande que mi caravana. —Había bromeado—. Quiero un hogar para los dos, un nuevo lugar en el que empezar juntos. Quiero habitaciones espaciosas y hectáreas de terreno verde donde nuestros hijos y nuestro perro puedan correr libres.

Ella le había deslumbrado con la felicidad que le inundaba los ojos.

—Me encantan tus planes.

—Aunque antes pienso pasar una larga temporada disfrutando de ti. Los dos solos.

—También estoy de acuerdo en eso. —Había sonreído.

La casa que más les gustó fue la que estaba situada en la entrada del parque nacional. Ofrecía unas increíbles vistas a los lagos y a las montañas de Killarney y él supo enseguida que esa era la panorámica que deseaba ver todos los días cuando despertase junto a Erie. Era una casa de lujo, pero tampoco excesivamente ostentosa. Tenía cinco dormitorios, tres baños, dos amplias salas de estar, una cocina totalmente equipada y una escalera impresionante. El suelo era de relucientes baldosas en blanco y negro. Pero también era cálida y acogedora, a Kevin le hizo sentir como si por fin hubiese llegado a casa. A ella le encantaron los vestidores de los dormitorios, las bañeras de hidromasaje y el bonito patio delantero. La vivienda más cercana se vislumbraba en la lejanía, por lo que la casa también gozaba de toda la privacidad que se pudiera desear.

Y, además, el centro de Killarney solo estaba a diez minutos a pie.

Kevin tomó la decisión de comprarla esa misma tarde, así que quedaron en reunirse con la agente inmobiliaria al día siguiente para iniciar todos los trámites.

Enlazaron las manos y regresaron a la casa de Erie dando un paseo bajo el desvaído sol de últimos de agosto.

—¿Has estado alguna vez en Killorglin? —le preguntó ella.

—Nunca. Ni siquiera me suena.

—Pues vamos a pasar el resto de la tarde allí.

—¿Y qué hay en Killorglin?

—Están mis padres. Quieren conocerte un poco mejor, ya sabes. Les dije que llegabas hoy y se han empeñado en invitarnos a cenar. Hoy comienza el Puck Fair.

—¿El Puck Fair?

—Las fiestas de Killorglin, el pueblo vecino. Duran tres días y hay rituales celtas, conciertos de música tradicional, certámenes ganaderos, actuaciones circenses, comida y bebida hasta hartarse... Además, hoy se corona como rey a la mejor cabra presentada a concurso. Habrá un desfile y todo que... —consultó su reloj— debe de estar a punto de empezar.

—Así que quieres que asistamos a la coronación de una cabra.

Su tono de voz serio y esa expresión tan impasible hicieron que Erie sonriera. Asintió.

—Ahora entiendo que las calles estén casi vacías. No me extraña que nadie quiera perdérselo, ¡debe de ser un ritual de lo más emocionante!

—¡Oye! —Le soltó un manotazo—. No te rías de las tradiciones del condado de Kerry. La cabra forma parte de una leyenda muy seria.

—¿Como la del castillo de Ross y O´Donoghue? —Erie se hizo la ofendida—. Eh, venga, no te enfades. —La acercó por la cintura y le dio un beso en la sien—. Llevo mucho tiempo viviendo en Los Ángeles y supongo que me he frivolizado, pero te prometo que soy un fiel admirador de todas las tradiciones irlandesas. Cuéntame la de la cabra.

Erie no le creía, pero esa sonrisa tan arrebatadora siempre conseguía llevarla a su terreno.

—Como se te ocurra reírte te quedarás aquí solo —le advirtió. Él puso cara de póquer—. A mediados del siglo XVII, los Roundheads se dedicaban a robar a las aldeas de las llanuras limítrofes a Killorglin. Una de esas veces, se acercaron a un rebaño de cabras que pastaban por allí y todas huyeron despavoridas excepto una, que corrió varios kilómetros hasta llegar al pueblo para alertar a los vecinos del peligro que corrían. Por eso la cabra se convirtió en la gran protagonista de esta festividad.

Se le quedó mirando por si tenía que atizarle otro manotazo. Él guardaba el tipo.

—Estoy deseando conocer a esa intrépida heroína. —Erie movió la cabeza y se echó a reír—. Solo encuentro un inconveniente.

—¿Cuál?

Se plantó delante de ella y le tomó la cara entre las manos.

—Que cuando estemos delante de tus padres y de la cabra rey, no podré hacer esto.

Kevin inclinó la cabeza y se apoderó de su boca. Le dio un beso excitante, apasionado y picante. Uno de esos besos que a los dos les hacía volar mucho más arriba de las nubes.

Epílogo

En otoño el parque nacional lucía precioso. El colorido era inmenso. En ningún lugar del mundo podía verse una variedad tan extensa de verdes, marrones, amarillos, azules, rojos... Y contemplarlo desde lo alto suponía una explosión de placer para los sentidos. Conforme se adentraban en el último trimestre del año, las lluvias y las nieblas casi constantes disminuían las oportunidades de volar en globo, por lo que encontrar un día propicio resultaba complicado.

Por eso, cuando esa mañana Erie despertó y vio a través del amplio ventanal del dormitorio que el cielo estaba despejado y que las hojas de los árboles no se movían, despertó a Kevin, saltó de la cama y echó a correr. El clima había sido muy benévolo con ella y le había obsequiado con el mejor regalo que podían hacerle el día de su veintinueve cumpleaños, una mañana espléndida.

Arrastró a Kevin con ella y se coordinó con Damon para que le hiciese el gran favor de seguirles por tierra. Nunca más se le ocurriría volar sin cumplir con las reglas. Y ahí estaban, mecidos por el suave viento, con el cielo al alcance de la mano y el parque nacional a sus pies. Aunque, sin duda alguna, estar con él era lo que convertía esa travesía en algo tan especial.

El hecho de pensar que durante los tres siguientes meses Kevin no se movería de Killarney, la hacía inmensamente feliz. Hacía unos días, su agente le había hecho llegar un guion que despertó su máximo interés, de tal forma que, antes incluso de terminar de leerlo ya había decidido que quería involucrarse en ese proyecto. El rodaje no comenzaba hasta mediados de febrero, y se desarrollaría en Nueva York. A Erie le pareció estupendo. Siempre había querido conocer la ciudad de los rascacielos.

Pero había otras buenas noticias. Kevin estaba superando sus problemas aéreos y lo estaba haciendo sin la ayuda de un profesional. Era obvio que nunca había padecido de aerofobia, sino de autoestima. Deirdre la había reducido a cenizas al hacerle sentir como un desecho y él había perdido la capacidad de volver a relacionarse con una mujer de un modo sano. Pero el amor de Erie estaba cambiándolo todo.

Nada más finalizar el rodaje de la película había cruzado el océano en un vuelo con escala de casi diez horas para estar con ella y lo había llevado bien. Además, habían subido juntos en globo dos días después de que él llegase a Killarney y no se le había alterado el pulso. Todavía no se había atrevido a pilotar una avioneta, ni siquiera lo había mencionado, pero Erie sabía que también era cuestión de tiempo. Aún era pronto.

Con Kevin pegado a su espalda, con sus fuertes brazos rodeándole la cintura y su voz ronca e impresionada comentando las vistas cerca de su oído, sobrevolaron la abadía de Muckross. Se había construido en el siglo xv y estaba un poco deteriorada, aunque conservaba la gran torre y el claustro abovedado.

—¿Ninguna leyenda sobre la abadía? —preguntó con humor, rozándole la oreja con los labios.

Ella negó y se echó a reír.

—Ninguna que yo conozca.

—Con leyenda o sin ella, es un lugar impresionante.

Después atravesaron la zona de bosque de antiguos acebos, robles, hayas y abedules. El suelo estaba salpicado de rocas calizas cubiertas de musgo que abrían el paso hacia la bellísima cascada de Torc. Un poco más adelante, llegaron a la zona en la que se formaban las pequeñas calas y playas del lago, y donde nacía la estrecha península de tierra que separaba las aguas del lago Muckross de las del Leane.

Erie iba a echar mucho de menos salir a volar durante los duros meses de invierno, además de la notable disminución que sufrirían sus ingresos durante la época baja ahora que ya no trabajaba en el restaurante. Pero había sido previsora y había encontrado otro empleo. Kevin le había dicho que no tenía que preocuparse por el dinero, pero ella necesitaba la independencia económica para sentirse realizada.

Hacía un par de semanas, había sentado a sus padres en el salón de su nueva casa y había tenido una conversación seria y racional con los dos. Les había explicado que tenía ambiciones y que no podía pasarse la vida sirviendo platos o siendo una mantenida. Les pidió que fueran comprensivos y que le permitiesen volcarse en sus sueños. La escuela de pilotos de Dublín donde ella había estudiado quería contratarla para que instruyera a nuevos alumnos. Eso suponía trabajo para todo el año y un horario cómodo que le dejaba todas las tardes libres para dedicarlas a su empresa cuando el clima se lo permitiera. Erie había aceptado la oferta sin pensárselo. Empezaba a trabajar dentro de una semana.

Pero lo mejor de todo era que sus padres habían entendido su postura y le habían ofrecido su beneplácito.

—Eso no quiere decir que no os eche una mano cuando lo necesitéis —les había prometido.

Y los tres se habían abrazado en el bonito salón de su nueva casa, frente a la llanura verde esmeralda que se vislumbraba al otro lado de la ventana y que resplandecía tanto como su nueva vida.

Kevin vio una manada de ciervos rojos en las tierras bajas de Knockreer, donde había extensos pastizales en los que alimentarse. Eran animales hermosos que vivían en libertad, sin la amenaza de que ningún depredador les atacase. Erie le explicó que el ciervo rojo era el mayor mamífero terrestre nativo de Irlanda y que estaban allí desde la última glaciación.

—Y de eso hace unos diez mil años —comentó ella—. ¿No es apasionante?

—Todo en Killarney lo es, incluida tú.

La besó y luego buscaron juntos una nueva corriente de aire que les impulsó por encima del lago Leane hacia el castillo de Ross. A lo lejos, el monovolumen con Damon a bordo les seguía en su travesía.

—A propósito, ¿vas a contarme los planes que has ideado para celebrar mi cumpleaños?

—¿Otra vez me lo preguntas?

—Solo te lo he preguntado una vez y ha sido esta mañana al despertarnos.

—Y de eso hace un par de horas.

—Pues dame al menos una pista. —Erie hizo un mohín.

—No hay pistas. Tendrás que ser paciente y esperar a la noche.

—¡A la noche!

—A la noche.

—Eso es mucho tiempo —replicó.

—Sí, se hará eterno si te dedicas a preguntarme cada dos horas —bromeó él.

Erie torció el gesto. Conocía a Kevin y sabía que no iba a conseguir sonsacarle nada.

Se acercaron a las islas Innisfallen y Brown, dos joyas esmeralda situadas justo en medio de las azules aguas del lago Leane. Quedaron absortos, él porque era la primera vez que las contemplaba y ella porque el parque nacional siempre tenía el poder de emocionarla, daba igual las veces que surcara su cielo. Al fondo se veía Moll's Gap, la gran brecha de terreno rojo que se abría en la parte norte del parque, frente a las montañas de Macgillycuddy's Reeks. Las vistas trajeron bonitos recuerdos a Erie.

—Ya sé qué has planeado para esta noche —dijo, de repente.

—Sorpréndeme.

—Me llevarás a cenar a ese restaurante chino de Cork, el que estaba al lado del lugar donde acudía al curso de cocina. ¿Verdad? —Le miró con los ojos entornados—. Sí, creo que lo he adivinado.

—No puedes estar más equivocada, aunque no me importaría regresar. El *wanton mee* y el *jiaozi* estaban riquísimos. —Volvió a rodearla por la cintura y estrechó su espalda contra su pecho. Le retiró el cabello de la nuca y la besó en el cuello. Kevin notó cómo ella se estremecía—. Aunque si volvemos, nada de pedir galletitas de la fortuna.

—¿Por qué no? La otra vez los mensajes que nos salieron acertaron de lleno.

—Por eso mismo. No creo en temas esotéricos, en galletitas de la fortuna ni en chorradas del estilo, pero reconozco que los mensajes me acojonaron bastante.

—Pues te lo tomaste con mucho humor.

—Disimulé cuanto pude para no parecer un blandengue delante de ti. —Sonrió—. Es mucho mejor vivir sin saber lo que te puede deparar el futuro.

En eso estaba de acuerdo.

—¿Recuerdas lo que decía tu galleta? —le preguntó Erie.

—Por supuesto. Todavía conservo el mensaje.

De repente, ella se dio la vuelta para mirarle de frente. Alzó levemente las cejas y le taladró con una mirada azul y brillante. Le habló con un hilillo quebradizo de voz.

—¿En serio?

—En serio. —Kevin le retiró de la cara los cabellos que el suave viento traía a sus mejillas—. Lo guardé en la cartera. La he cambiado dos veces en estos años pero el mensaje sigue ahí.

—Oh… yo… yo también guardé el mío. —Se llevó las manos a los labios. Estaba emocionada—. Después de que te marcharas solía leerlo con frecuencia. Repetía la frase en voz alta porque quería que me diera valor para llamarte y decirte que iba a montarme en un avión para plantarme en Los Ángeles. Pero estaba muerta de miedo, tu vida me asustaba tanto que lo dejé pasar. —Se notaba a la legua que el miedo del que hablaba la había hecho sentir débil durante muchísimo tiempo. Y también arrepentida—. «Si dejas escapar a la persona que tienes enfrente, es que no tienes ni dos dedos de frente». —Sonrió con una pizca de amargura—. Pues yo no tenía ni dos dedos de frente, desde luego. Fui tan idiota...

—Los dos lo fuimos, Erie. —Le acarició las mejillas con los pulgares—. Yo no debí ser tan conformista. Tendría que haber regresado a por ti porque lo que sentí durante los días que estuvimos juntos no volví a sentirlo jamás. Debí ayudarte a que vencieras esos miedos del mismo modo en que tú me has ayudado a superar los míos; pero, ¿sabes lo que hice en su lugar? —Erie negó—. Me he pasado todos estos años buscándote en las demás mujeres. Creí haberte encontrado en Deirdre pero no pude estar más equivocado, porque Erie solo hay una. El mensaje decía que si no escogía a la persona que estaba a mi lado siempre sería un desgraciado. —Una risa pesada vibró a través de sus atractivos labios—. Y vaya si lo he sido.

Se observaron en silencio, desde el alivio de haberse reencontrado.

—Bueno, solo hemos perdido cuatro años —musitó Erie.

—Y al ritmo al que vamos, los recuperaremos en unos cuantos días.

Los dos se echaron a reír.

Un poco antes de llegar a Moll's Gap, Erie quiso dar la vuelta para buscar un lugar de aterrizaje lo más próximo a Muckross House, como siempre hacía. Sin embargo, Damon siguió conduciendo en línea recta y luego se desvió hacia Port Road.

—¿Qué está haciendo? —Erie se colocó la mano en la frente, a modo de visera.

—No tengo ni idea, pero parece que quiere que le sigamos.

—¿Seguirle adónde? Debería ser él quien nos siguiera a nosotros. —Meneó la cabeza. Giró las válvulas y abrió el aire frío para que el globo descendiese. A unos diez metros de las copas de los árboles encontró una corriente de aire que les empujó en la misma dirección que seguía Damon—. Parece que se dirige a nuestra casa —comentó con sorpresa.

—¿Para qué demonios iba a dirigirse a nuestra casa?

Erie pronto topó con la respuesta. En cuanto atravesaron la última zona boscosa y la zona residencial apareció a la vista, el corazón se le subió a la garganta. El inmenso jardín delantero de su casa había sido invadido por cientos de *bouquets* redondos de lirios blancos que resaltaban sobre la hierba. No habían sido colocados al azar, sino que estaban estratégicamente dispuestos para formar letras mayúsculas que en su conjunto formaban un mensaje.

A Erie, mi preciosa heroína, que le ha dado luz a mis tinieblas y me ha devuelto a la vida. Feliz cumpleaños, cariño. Te quiero, Kevin.

—¡Madre mía! —Volvió a llevarse las manos a la boca mientras contemplaba la escena con los ojos desmesuradamente abiertos. Él colocó las manos en sus codos. Le temblaban los brazos—. Esto es... no tengo palabras, es... ¡Es precioso! —Se giró para darle un fuerte abrazo que le cortó la respiración y luego le llenó la cara de besos—. Es lo más bonito que jamás han hecho por mí.

—No todo el mérito ha sido mío, las chicas de la floristería han hecho un trabajo impresionante.

Sus ojos brillaban emocionados, no podía apartar la mirada de ese mensaje que leyó para sí misma una y otra vez.

—Conque tenía que esperar hasta la noche, ¿eh? Eres un mentiroso.

—Soy actor, me metí en mi papel. Además, ¿quién dice que las sorpresas han acabado? —Sonrió—. Venga, aterriza cuanto antes, quiero darte mi regalo.

ÚLTIMOS TÍTULOS PUBLICADOS EN HQN

Amor en V.O de Carla Crespo

Siempre en mis sueños de Sarah Morgan

Tú en la sombra de Marisa Sicilia

Enamorada de un extraño de Brenda Novak

El retrato de Alana de Caroline March

Gypsy de Claudia Velasco

Un beso inesperado de Susan Mallery

El huerto de manzanos de Susan Wiggs

El tormento más oscuro de Gena Showalter

Entre puntos suspensivos de Mayte Esteban

Lo que hacen los chicos malos de Victoria Dahl

Último destino: Placer de Megan Hart

Placer prohibido de Julia London

En mi corazón de Brenda Novak

Está sonando nuestra canción de Anna Garcia

Siempre un caballero de Delilah Marvelle

Somos tú y yo de Claudia Velasco

www.ingramcontent.com/pod-product-compliance
Lightning Source LLC
LaVergne TN
LVHW030342070526
838199LV00067B/6407